Die Vertrauen Erbe

Die Saiten der Vergangenheit können die Zukunft erschüttern

Translated to German from the English version of
The Trust Heritage

S. P. Nayak

Ukiyoto Publishing

Alle globalen Veröffentlichungsrechte liegen bei

Ukiyoto Publishing

Veröffentlicht im Jahr 2023

Inhalt Copyright © S. P. Nayak

ISBN 9789359202440

Alle Rechte vorbehalten.
Kein Teil dieser Veröffentlichung darf ohne vorherige Genehmigung des Herausgebers in irgendeiner Form auf elektronischem, mechanischem, Fotokopier-, Aufnahme- oder anderem Wege reproduziert, übertragen oder in einem Abrufsystem gespeichert werden.

Die Urheberpersönlichkeitsrechte des Urhebers wurden geltend gemacht.

Dies ist ein Werk der Fiktion. Namen, Charaktere, Unternehmen, Orte, Ereignisse, Schauplätze und Vorfälle sind entweder das Produkt der Phantasie des Autors oder werden auf fiktive Weise verwendet. Jede Ähnlichkeit mit tatsächlichen Personen, lebenden oder toten, oder tatsächlichen Ereignissen ist rein zufällig.

Dieses Buch wird unter der Bedingung verkauft, dass es ohne vorherige Zustimmung des Verlegers in keiner anderen Form als der, in der es veröffentlicht wird, verliehen, weiterverkauft, vermietet oder anderweitig in Umlauf gebracht wird.

www.ukiyoto.com

Widmung

In liebevoller Erinnerung an
Mein Vater
Spät Pkt. Shri Ram Sewak Nayak

Großeltern
Spät Pkt. Shri Ram Dayal–Smt. Kanchan Nayak

Onkel
Spät Pkt. Shri Rameshwar Prasad Nayak
Spät Pkt. Shri Suresh Prasad Nayak

&

Schwiegervater
Der verstorbene Dr. H. N. Mishra

Danksagungen

Ich möchte meine Verschuldung der bedingungslosen Liebe und Zuneigung ausdrücken, die von meiner Mutter, **Frau Ramdevi Nayak**, deren Segensschatz nie aus der Versorgung geht, meiner Frau **Rolly** und Tochter **Mauli**, deren Liebe immer eine Quelle der Inspiration war, meinen Schwestern, Schwägerinnen und Neffen, die mich immer unterstützt haben, und meiner Nichte **Shefali**, die mich mit dem Geist der Begeisterung erfüllt hat.

Ich möchte mich auch bei Ukiyoto **Publishing** für das Vertrauen in meine Arbeit bedanken. Die Worte der Wertschätzung stärken das Vertrauen des Autors, während Vorschläge ihm ermöglichen, die Qualität zu verbessern. Ich möchte mich auch bei **Dr. Yashwant Mishra** für seine kontinuierliche Unterstützung während der Arbeit bedanken. Abgesehen von diesen Namen gibt es viele, die direkt oder indirekt zur Entwicklung dieser Arbeit beigetragen haben. Ich möchte jedem Mitglied meiner Großfamilie und den Mitarbeitern meines Arbeitsplatzes, **Govt, meinen Dank aussprechen. Polytechnic College, Nowgong**.

Und nicht zuletzt schätze ich mich glücklich, in der Region Bundelkhand geboren zu sein, die ein wohlhabendes Erbe des großen indischen

Kulturregenbogens beherbergt. Die Stadt Nowgong hat während der Zeit vor und nach der Unabhängigkeit verschiedene Ereignisse der Geschichte miterlebt und ist ein zentraler Ort geblieben, der in der gesamten Chronologie der Ereignisse den krönenden Abschluss darstellt, vom Hauptsitz von Bundelkhand bis zum Zentrum eines Staates. Ich habe mehr als ein Jahrzehnt in der Stadt verbracht, die man wirklich die

Bewusstseinshauptstadt von Bundelkhand nennen kann. Ich möchte den Menschen der Stadt danken, die hart gearbeitet haben, um die Größe und die einzigartige Kraft zu bewahren, die den Geist der Stadt verkörpern.

Inhalt

Die Genesis	1
Das Präludium	7
The Ripple	13
Die Chimäre	17
Die Offenbarung	21
Die Aufklärung	38
Die Sonde	44
Erkundung Der Verlorenen Enden	49
Mit Blick auf die Ferals	54
Der Erlöser	58
Reinigung Der Spinnweben	68
Brise Im Bootcamp	73
Der Faux Pas	81
Die Trittsteine	84
Ein Erlöser Im Labyrinth	89
Der Alchemist	98
Die Nemesis Zähmen	110
Anreise Zur Oase	119
Die Herrlichkeit Der Vergangenheit	130
Gebot Adieu	134
Der Rückzug	137
Erreichen Des Terminus	139
Die Erscheinung Des Herrn	141
Über den Autor	152

Die Genesis

Bhat sich Kar plötzlich aufgesetzt und den Kopf in beiden Händen gehalten. Sein Herz klopfte so stark, dass er spüren konnte, wie es auf seine Rippen schlug. Er hielt eine Weile still und drehte dann den Kopf in Richtung der Uhr, die viertel vor fünf Uhr morgens zeigte.

Er hatte wieder denselben Traum gehabt. Er lehnte sich langsam zurück und erinnerte sich daran. Sobald er die Augen schloss, begann der Gedankengang. Das ganze Traumerlebnis begann wieder zu blinken. Er erinnerte sich klar und deutlich an alles. Er stand in völliger Dunkelheit, bis irgendwo am Horizont ein Lichtstrahl flackerte, der eine Silhouette eines großen Bauwerks mit drei aufsteigenden Türmen mit Kuppeln und Gipfeln offenbarte. Der mittlere Turm war höher als die beiden anderen Türme. Er realisierte, dass er im Hinterhof des Gebäudes war und die Dunkelheit ihn wieder umhüllte. Dann bemerkte er einen Lichtschimmer, der direkt vor ihm vom Boden blickte. Er ging darauf zu und fand eine Öffnung mit einer Treppe. Er ging die Treppe hinunter und erreichte eine gewölbeartige Struktur aus glitzerndem Gold. Der Ort hatte zahlreiche Holzkisten, die mit Goldbarren gefüllt waren. Sobald er einen Barren aufhob, spürte er einen Ruck und das ganze Gewölbe begann zu sinken. Er eilte die Treppe hinauf und erreichte die Treppe, erkannte aber, dass die Öffnung weit von ihm entfernt war und die Entfernung allmählich zunahm. Er wollte schreien, als das laute Geräusch einer Muschel überall widerhallte. Ein intensiver Lichtblitz trat am Eingang auf und verblasste allmählich. In der Mitte des Schimmer erschien eine Figur mit einer Schriftrolle in der Hand. Er identifizierte die Figur als seinen Großvater. Er rief vor Freude „Dada Ji!" Er erkannte, dass sein Großvater im

Begriff war, etwas zu sagen, und erst dann wachte er auf. Dasselbe ist auch diesmal passiert.

Bhaskar, ein junger Adonis im Alter von etwa vierundzwanzig Jahren, wurde in einem kleinen Dorf geboren, aber sein Vater arrangierte seine Schulausbildung in einem renommierten Internat. Er hatte vor kurzem seinen Abschluss gemacht und die Goldmedaille für herausragende Leistungen gelobt. Er war immer ein verdienstvoller Schüler gewesen, und sein Talent wurde von jedem Bekannten bewundert. Er bereitete sich jetzt auf Wettbewerbsprüfungen vor, um einen respektablen Regierungsjob zu bekommen. Er wollte jedoch etwas Innovatives tun und seine Karriere als Schriftsteller fortsetzen, aber er wusste genau, dass sein Talent und seine Intelligenz als nutzlos angesehen würden, wenn er keinen guten Job bekäme.

Er stammte aus einer mittelständischen Brahmanenfamilie eines Dorfes in der Region Bundelkhand in Zentralindien. Sein Vater war ein Regierungsschullehrer, der kürzlich in Rente gegangen war, und seine Mutter war Hausfrau. Seine Familie war eine typische Brahmanenfamilie und hatte einen tief verwurzelten Glauben an Religion und religiöse Praktiken. Sie hielten die Ideologie, Normen und Werte des Hinduismus und den Geist der ländlichen indischen Gemeinschaft. Die Menschen in diesem Gebiet glaubten fest an die Vorstellung, dass die ultimative Verpflichtung jedes gebildeten Individuums darin bestand, einen guten Regierungsjob zu bekommen, andernfalls war die gesamte Ausbildung vergeblich.

Es gab ein beliebtes Sprichwort in der Gegend, dass *"Bildung ein Kind wegbringt, entweder von zu Hause oder von den Feldern."* Das Sprichwort drückte aus, dass Bildung entweder dazu führen würde, dass man irgendwohin weg von zu Hause umzieht, oder wenn man zufällig zu Hause bleibt, würde er für landwirtschaftliche Arbeit nutzlos bleiben. Also, um die

Kinder zu Hause zu halten, halten Sie sie von der Bildung fern. Die Entscheidung für eine Ausbildung kann nur dann als gerechtfertigt bezeichnet werden, wenn sie zu einem lukrativen Regierungsjob führt.

Bhaskar wusste genau, dass jedes arbeitslose Jahr die Intensität der Fragen, die über seine Fähigkeiten aufgeworfen wurden, verschlimmern würde, und ein paar Jahre später würde seine Brillanz als falsche Propaganda angesehen werden, wenn er keinen guten Job bekommen würde. Trotz eines klaren Verständnisses seiner Kompetenz und des Bereichs seines Interesses wagte er es nicht, von der Vorstellung abzuweichen, da er sich der finanziellen Situation seiner Familie und der Bestrebungen seines Vaters bewusst war. Er wusste, dass sein Vater weit über seine finanziellen Möglichkeiten hinaus investiert hatte, um ihm eine qualitativ hochwertige Ausbildung zu ermöglichen. Der einzige Weg, wie er ihm wirklich helfen konnte, war also, ihm finanziell zu helfen.

Als er zur Normalität zurückkehrte, kamen ihm eine Reihe von Fragen in den Sinn. Bhaskar war sich durchaus bewusst, dass Träume eine normale Aktivität sind, aber ihre Wiederholung erregte zahlreiche Fragen in seinem Kopf. Bhaskar war etwa acht Jahre alt, als sein Großvater starb, und nach sechzehn Jahren erschien ihm das Erscheinen seines Großvaters in seinem Traum ein wenig seltsam. "Wäre sein Porträt nicht im Salon ausgestellt worden, hätte ich mich vielleicht nicht einmal an sein Gesicht erinnert", hilft er sich selbst.

Die Wiederholung des Traumes zwang ihn, seine Sorglosigkeit in dieser Angelegenheit zu meiden. Er machte sich ein wenig Sorgen um den Traum und begann über die Gründe zu spekulieren. Er erlebte mehrere Gedanken, die zu ihm kamen, und die meisten von ihnen waren trostlos. All die Horror-, Paranormal- und Psycho-Thriller-Filme und -

Romane, die er gesehen oder gelesen hatte, erschienen vor ihm. "Zeigt ein böser Geist seinen Einfluss? Ist das ein paranormaler Spuk? Ist das Oneirophrenie? Bin ich Demenzpatient? Leide ich an einer dissoziativen Störung?" Er bekam Angst.

Er sammelte all seine rationalen Gedanken, um die beängstigenden Ideen zu beherrschen, die seinen Verstand und sein Herz plagten. Er wiederholte sich, dass Träume lediglich das Ergebnis ungefilterter Informationen sind, die vom Gehirn verarbeitet werden.

Dann dachte er daran, diese Erfahrung mit seinem Vater zu teilen. Er versuchte, sich die möglichen Reaktionen seines Vaters vorzustellen, und er wurde an den Vorfall erinnert, der sich gestern ereignete. Der ganze Vorfall begann vor ihm aufzutauchen.

Bhaskar war sehr aufgeregt und glücklich. Er hielt einen Brief in der Hand, rannte zu seinem Vater und sagte: „Papa, mein Artikel wurde in der *Times of India* angenommen. Sie wird nächste Woche veröffentlicht. Ich habe gerade diesen Brief vom Redakteur der Zeitung per Post erhalten. Er schrieb, dass er meinen Artikel sehr mochte und nicht einmal eine einzige Korrektur vorgeschlagen hatte. Ich hatte gehört, dass diese Zeitung Artikel nach strengen Qualitätskontrollen in mehreren Phasen akzeptiert, aber mein erster Artikel wurde akzeptiert." Bhaskar sagte alles in einem Atemzug.

Bhaskars Glück kannte keine Grenzen, aber Bhaskars Vater schien nicht glücklich zu sein. Er zwang sich ein Lächeln ins Gesicht und sagte: "Gut." Vaters kalte Reaktion ließ seine Begeisterung verdunsten.

Vater spürte seinen Gemütszustand und sagte mit zurückhaltender Stimme: „Sohn, du wirst dein ganzes Leben lang genug Zeit haben, um Artikel zu schreiben. Aber diese goldene Zeit wird nie wiederkehren. Lassen Sie nun all diese nutzlosen Zeitmörder und konzentrieren Sie sich auf die Gestaltung Ihrer Karriere. Knapp vier Monate bleiben für die Prüfung zum Beamten. Sobald Sie die Prüfung bestanden haben, wird sich das Leben verbessern— sowohl Ihres als auch unseres. Sie wissen sehr gut über unsere finanziellen Nöte Bescheid. Wie sind mir die Kosten für Ihre Ausbildung in einer U-Bahn entstanden? Wie habe ich die Ausgaben für die Ehe deiner älteren Schwestern und davor die Ehe meiner jüngeren Schwestern und die Ausbildung von zwei jüngeren Brüdern verwaltet? Diese Ereignisse erforderten enorme Ausgaben, und die einzige Einnahmequelle, die ich hatte, war das Gehalt eines Schullehrers. Mein Vater hinterließ kein Eigentum, kein Geld. Ich habe nur Stapel von Büchern von meinem Vater geerbt. Ich habe kein Eigentum oder Bankguthaben. Dennoch steht ein Betrag von etwa dreizehn Lakhs aus den Privat- und Autokrediten aus, die ich für die Ehe Ihrer Schwester geliehen habe. Zu diesem Zeitpunkt zahlte ich jeden Cent, den ich als Altersrente erhielt, gegen meine Beiträge. Nur ich weiß, wie ich das alles mit dem kleinen Betrag, den ich als Rente erhalte, schaffe. Es ist Gottes Gnade, dass es eine Vorsorge für die Rente gibt, so dass der Zustand der Familie nicht an die Öffentlichkeit gegangen ist." Er hielt eine Weile inne.

Er fuhr fort: „Wenn die Rente nicht da gewesen wäre, wären wir verhungert. Es wird also von Ihnen erwartet, dass Sie sich einen Job suchen, der Macht und Geld bietet. Nur so können Sie Ihre Zukunft sichern und unsere letzten Tage erleichtern. Hast du jemals deine Mutter angesehen? In vierzig Jahren konnte ich ihr keine Goldarmreifen kaufen. Auch deine Mutter erwürgte all ihre Wünsche. Meinst du nicht, dass du in einer solchen Situation lieber die Prüfung knacken solltest, als Artikel zu schreiben? Der Schlüssel zu unserem Glück liegt in Ihrer Leistung in der Prüfung. Armut ist ein schwarzes Loch, das Willen, Hobbys und Wünsche verschlingt. Wären wir eine wohlhabende Familie gewesen, hätten Sie Ihr Leben damit verbringen können, Ihre Zufriedenheit zu suchen, indem Sie Artikel und Geschichten geschrieben haben, aber unsere Familie kann sich das nicht leisten."

Vaters lange Rede brachte Bhaskar von Wolke neun zu Boden. Er ging mit schweren Schritten in sein Zimmer zurück. Er erreichte sein Zimmer und setzte sich auf seinen Arbeitsstuhl. Der Umschlag, der den Brief des Redakteurs der Zeitung über die Annahme seines Artikels zur Veröffentlichung enthielt, lag noch auf dem Tisch.

Er zerriss den Umschlag und den Brief in kleine Stücke und warf sie in den Mülleimer. Er keuchte vor Frustration, Wut und Dunkelheit. Plötzlich ruhten seine Augen auf dem Stapel Bücher auf seinem Tisch und die Ermahnung seines Vaters über das Vermächtnis seines Großvaters hallte in seinen Ohren wider: *"Ich habe nur Stapel Bücher von meinem Vater geerbt."*

Er erlebte den ganzen Vorfall erneut und die Wiederholung des Gesprächs mit seinem Vater erfüllte ihn erneut mit Bedrängnis und düsterem Ärger. Er erkannte, dass das Teilen der Traumerfahrung mit seinem Vater zu einem weiteren ähnlichen Vorfall führen könnte. Also lehnte er die Idee ab, den Traum mit seinen Eltern zu teilen. Er brütete weiter, bis er die Stimme seiner Mutter bekam: „Bhaskar, steh auf, es ist schon sieben Uhr! Der Tee ist fertig." Die Stimme seiner Mutter brachte ihn in die reale Welt, und er realisierte, dass er seit mehr als zwei Stunden in einem Netz von Gedanken gefangen war.

Das Präludium

Bhaskar hatte keine Pläne, etwas Bestimmtes aus dem Zimmer seines Großvaters zu suchen, aber obwohl er kein klares Motiv hatte, verspürte er den Drang, dorthin zu gehen. Er öffnete die Tür und betrat den Raum. Er schaute sich um. Der Boden, die Wände und das Dach waren sauber, da der Raum regelmäßig gereinigt und jedes Diwali weiß getüncht wurde. Er erlebte eine Art Vellichor im Raum, da er überall mit Büchern gefüllt war. Der Raum hatte viele eingebaute Regale, die in einem Dreier-Set innerhalb der dreißig Zoll dicken Wände hergestellt wurden. Ein Regalsatz war mit Holzpaneelen eingerahmt und ein winziges Messingschloss hing an der Klammer eines robusten Verschlusses.

Die offenen Regale, das Loft und die Regale waren mit Büchern unterschiedlicher Größe gefüllt und ihre gelbliche Farbe selbst drückte ihr Alter aus. Die Bücher in den Regalen waren gestapelt, während die Bücher im Dachboden gestapelt waren. Es gab einige Bündel, mit Stofftüchern gebunden, die zusammen mit zwei Holzkisten auf dem Dachboden platziert wurden. Er war überrascht, dass die Kisten den Kisten, die in seinem Traum erschienen, fast ähnlich waren. Er starrte lange auf die Kisten und stellte dann fest, dass fast alle Holzkisten ähnlich aussahen und es daher kein starker Punkt war, darüber nachzudenken.

Es gab ein Bild von Lord Vishnu und Göttin Laxmi, mit der Überschrift "Shri Laxmi Narayan", die an einer Wand hing. Die Staubablagerungen auf dem Bild und den Büchern vermittelten, dass der Raum nicht benutzt wurde und nur für das Reinigungsritual jeden zweiten Tag geöffnet wurde.

Bhaskar kam in die Nähe eines Regals und erkannte, dass diese Regale seit dem Tod seines Großvaters unberührt geblieben waren, und niemand hatte sich jemals dafür interessiert, auch nur die Bücher anzuschauen. Auch er hatte diesen Raum nach Jahren betreten.

Er zog Bücher nacheinander aus den Stapeln und begann, durch die Seiten zu blättern. Nachdem er durch die Bücher einiger Stapel geblättert hatte, begriff er, dass die Bücher entweder mit der Astrologie oder mit der vedischen Mathematik zusammenhingen. Die meisten Bücher waren für ihn nicht verständlich, da sie in Sanskrit verfasst waren. Nur wenige Bücher waren so alt, dass die Seiten beim Umblättern zerbröckelten. Dann ging er zum nächsten Regal und begann, die Bücher von einem neuen Stapel aus zu durchsuchen. Er stöberte weiter in den Büchern und nachdem er das Regal durchsucht hatte, stellte er fest, dass diese Sammlung dem Ayurveda gewidmet war, da er selbst mit den Namen einiger Titel und Autoren vertraut war.

Plötzlich betrat sein Vater das Zimmer und fragte ihn: "Suchst du etwas, Sohn?"

"Nein, eigentlich nicht, ich versuche, einen Einblick in die Fächer zu bekommen, die Dada Ji gelernt hat", antwortete Bhaskar, nachdem er schnell eine Aufregung bewältigt hatte.

Ein Lächeln erschien auf dem Gesicht seines Vaters und verschwand dann. Er ging zu Bhaskar, legte eine Hand auf seine Schulter und sagte: „Ja, Dein Dada Ji war ein großer Gelehrter, aber er blieb bis zu seinem letzten Atemzug ein Lernender, obwohl er in jedem Bereich seiner Praxis ein Meister war. Die Leute nannten ihn 'Acharya Ji. "Er war ein' Rasvaidya Shastri '[1] mit außergewöhnlichen Kenntnissen des Ayurveda und der vedischen Chemie, ein brillanter Astrologe, ein genialer Mathematiker und ein großer Gelehrter des

---

[1] *Ein Meister der Drogen aus Metallen/Mineralien Ursprung im Ayurveda*

Sanskrit. Er erlangte auf diesen Gebieten einen so hohen Stellenwert, dass die renommiertesten Namen seiner Zeit zu ihm kamen, um seine Meinung zu komplexen Themen zu äußern. Er wurde von anderen Gelehrten als "Vaidya Ratnakara"[2] angesprochen. Er praktizierte Ayurveda-Medizin als Beruf. Er gab sein ganzes Leben lang Ruhm und Namen auf und ergriff alle Maßnahmen, um sich vom Rampenlicht fernzuhalten. Sein Ziel war es, nur Wissen zu erwerben. Er hatte keine Faszination für Reichtum oder materielle Errungenschaften. Er war sehr beliebt als Vaidya in der Nähe von Dörfern, wo er pendelte, um Patienten zu besuchen. Nur wenige Leute glauben, dass er ein Alchemist war."

Bhaskar rief überrascht aus: „Alchemist! Papa, hast du Alchemist gesagt?"

Vater lächelte trocken und sagte: "Ja, viele Leute glaubten, dass er ein Alchemist war."

Bhaskars Gesicht spiegelte die Gefühle von Verwirrung und Fremdheit wider. Er sagte: „Was ist mit dem Glauben der Menschen gemeint? Wussten Sie das nicht? Ein Alchemist zu sein, ist die seltenste der seltenen Errungenschaften."

Vaters Gesicht drückte einen Hauch von Melancholie aus, und alle Bemühungen, diese Gefühle mit einem Lächeln zu bedecken, wurden nutzlos. Er sagte: „Ich denke, dass er ein Alchemist war. Für einen Mann seiner intellektuellen und spirituellen Statur war es keine Überraschung, profunde Kenntnisse der Alchemie zu haben. Aber er selbst hat es weder akzeptiert noch geleugnet."

Ein gemischter Ausdruck von Überraschung und Freude blitzte auf Bhaskars Gesicht auf. Er fragte seinen Vater:

---

[2]*Ein Ehrentitel, der einem Ayurveda-Praktiker für seinen außergewöhnlichen Beitrag auf diesem Gebiet verliehen wird*

"Papa, warum hast du nicht versucht, diese Dinge von ihm zu lernen?"

Bhaskars Frage brachte wieder einen Hauch von Bedrängnis und Elend in seine Ausdrücke. Er sagte leise: „Ich war der älteste von drei Brüdern und zwei Schwestern, also waren wir, einschließlich meiner Großmutter und meiner Eltern, eine achtköpfige Familie. Es gab nur eine finanzielle Quelle, um die Bedürfnisse der Familie zu befriedigen, und das war die Praxis meines Vaters für Ayurveda-Medizin. Ein großer Teil seines Einkommens wurde für den Kauf von Material ausgegeben, das für seine ayurvedische Forschung benötigt wurde, und für die Wohltätigkeit der Schüler, die er unterrichtete. Der Betrag, der uns noch übrig blieb, reichte kaum aus, um unsere beiden Enden zu erfüllen. Also erkannte ich früh in meinem Leben, dass ich einen anderen Beruf wählen musste, um meinen jüngeren Brüdern grundlegende Annehmlichkeiten zu bieten und die Hochzeit meiner Schwestern zu arrangieren. Oft tadelte mich mein Vater, weil ich kein Interesse daran hatte, Ayurveda zu lernen. Aber ich hatte erkannt, dass das Praktizieren von Ayurveda die Grundbedürfnisse einer Familie nicht erfüllen kann, besonders in diesem Bereich mit von Armut heimgesuchten Massen. Ich war sieben Jahre alt, als das Land seine Unabhängigkeit erlangte. Aber für uns hat sich nichts geändert, und das Jagir-System blieb mehr als drei Jahrzehnte in Kraft. Ich beschloss, eine formelle Schulbildung in einer staatlichen Schule zu besuchen. Zu dieser Zeit hatte unser Dorf nur eine Grundschule, und die nächste Mittelschule war elf Meilen entfernt. Es bedeutete, dass ich dort eine Herberge bekommen musste. Die Kosten für das Internat und die Kantinengebühren mögen heute vernachlässigbar erscheinen, aber es war eine große Herausforderung für mich. Der Sohn des damaligen Titularherrschers dieser Gegend war mein Klassenkamerad. Er wurde zu einem sehr guten Freund von mir. Er stammte aus einer so wohlhabenden Familie, dass sein tägliches Taschengeld mehr als doppelt so hoch war wie der Betrag, der für meine monatlichen Ausgaben benötigt wurde. Früher habe ich ihm beim Studium geholfen, und er hat meine Hostelgebühr bezahlt. Trotz aller Widrigkeiten habe ich trotzdem die Sekundarstufe abgeschlossen und einen Regierungsjob als Grundschullehrerin bekommen. Der kleine Betrag, den ich als Gehalt erhielt, reichte aus, um meinen jüngeren Brüdern eine gute Ausbildung zu bieten und die Vorkehrungen für die Ehe meiner Schwestern zu treffen."

Er holte tief Luft und fuhr fort: „Ich hatte zwei Möglichkeiten. Entweder der Lebensweise meines Vaters zu folgen, das heißt, Wissen zu erlangen und das Leben in Armut fortzusetzen, oder etwas Geld zu verdienen, indem man mittelmäßig ist und die Grundbedürfnisse der Familie erfüllt. Wissen kann den Hunger nicht stillen und die größere Ironie betrachten — es kann nicht auf einem hungrigen Magen erreicht werden." Sein Ton war von Bedauern geprägt.

Bhaskar konnte den inneren Streit verstehen, den sein Vater erlebte. Er sagte: „Papa, ich mache dir oder deiner Entscheidung keine Vorwürfe. Ich weiß, dass Sie alle Ihre Aufgaben sehr gut erfüllt haben. Wäre jemand an deiner Stelle gewesen, hätte er dasselbe getan."

Bhaskar hielt eine Weile inne und fragte dann: "Haben Sie jemals mit ihm über den finanziellen Status der Familie gesprochen?"

Vater sagte: „Er war ein Altruist. Er hatte nie das Bedürfnis nach Geld und erwartete, dass seine Familie eine ähnliche Lebensweise annehmen würde. Einmal bat ich ihn, kein Geld mehr für seine ayurvedischen Experimente und die Wohltätigkeit seiner Schüler auszugeben, damit etwas Geld gespart und angesammelt werden kann. Er lachte zuerst und stimmte dann zu, dass Akkumulation eine sehr gute Praxis ist.

Aber er riet mir, nicht daran zu denken, Geld zu akkumulieren, sondern darauf zu abzielen, Wissen zu akkumulieren." Vater schnappte nach Luft.

Er machte eine Pause, kontrollierte seinen Atem und sagte seufzend: "Alte Wunden können geheilt werden, aber oft verursachen sie weiterhin Schmerzen."

Bhaskar erkannte, dass es besser ist, das Gespräch vorerst zu beenden. Also sagte er: "Es ist schon halb eins, also lass uns zu Mittag essen, Mutter muss warten." Er folgte seinem Vater aus dem Zimmer und verriegelte die Tür von außen.

The Ripple

Bhaskar saß auf dem Stuhl mit ausgestreckten Beinen auf dem Bett und seine Augen starrten auf das Dach. Kurz gesagt, seine Haltung ähnelte der eines Menschen, der sich auf einer Liege entspannte, aber sein Geist war in keiner Weise entspannt. Ein Sturm von Gedanken erschütterte seine gesamte Existenz, als die Wiederholung des Traums seinen inneren Zustand turbulent gemacht hatte. Er konnte sich auf nichts konzentrieren. Er war ein rationaler und gut ausgebildeter Jugendlicher, aber seine Gedanken brachten seine Willenskraft zu einer extremen Tortur. Er blieb lange in der Position und stand dann sofort auf. Sein Gesichtsausdruck deutete auf eine Entscheidung hin. Er ging aus seinem Zimmer und ging direkt auf das Zimmer seines Großvaters zu.

Bhaskar öffnete die Tür des Raumes mit ein wenig Vorsicht, um jegliches Geräusch zu vermeiden. Er betrachtete das Bild von Lord Vishnu und Göttin Laxmi und flüsterte dann: „Gott, du bist allgegenwärtig und allwissend. Bitte hilf mir, dieses Rätsel zu lösen, da du alles weißt. Ich weiß gut, dass Träume nichts anderes sind als die kaleidoskopische Darstellung unserer Gedanken. Hätte mir jemand eine ähnliche Situation vermittelt, hätte ich vorgeschlagen, dass er den Unsinn vergisst und ihn ausgelacht hätte. Obwohl ich mir all dessen bewusst bin, weiß ich nicht, warum ich diesen Traum so ernst nehme. Ich möchte wirklich alle diese Gedanken aus meinem Kopf löschen, bin aber nicht in der Lage, dies zu tun. Der Traum hat sich in eine Laune verwandelt. Oh Gott, bitte hilf mir."

Dann schaute er sich im ganzen Raum um. Die Almirah war verschlossen und alle Bücher, die in den Regalen gestapelt waren, wurden bereits von ihm untersucht. Er konzentrierte seine Aufmerksamkeit auf das Loft. Er verließ schnell den Raum und kehrte mit einem Stuhl zurück. Er stand auf dem Stuhl und nun waren ihm die Gegenstände im Loft zugänglich. Er zog ein Bündel, holte es herunter und legte es auf die Bank. Er versuchte, es abzustauben, aber er erkannte, dass sein Handeln den ganzen Raum mit Staub füllen könnte. Also fing er an, die Knoten des Bündels sehr vorsichtig zu lösen. Nachdem er das äußere Tuch gelöst hatte, stellte er fest, dass sich ein weiteres Tuch darin befand. Er löste es auch und breitete sanft die vier Ecken dieser Kleider aus. Darin befanden sich ein paar Bücher, Notizbücher und lose Seiten. Abgesehen davon befand sich auch eine kleine Ledertasche darin. Die Ledertasche war eintaschig und enthielt einen sehr alten Quittungszettel einiger Einschreiben. Die losen Blätter enthielten handschriftliche Notizen mit Diagrammen, vielleicht über Astronomie, die in Sanskrit geschrieben waren. Auch die Bücher bezogen sich auf die Astronomie. Bhaskar band das Bündel auf die gleiche Weise wie zuvor und stellte es wieder auf den Dachboden.

Dann nahm er eine der Holzkisten herunter und öffnete sie. Die Boxen waren aus feinem Teakholz gefertigt und hatten eine sehr gute Verarbeitungsqualität. Die Boxen hatten wunderschön geschnitzte Kanten und „Shri Laxmi Narayan" wurde auf der Vorderseite in einer attraktiven Gravur erwähnt. Die Schachtel war mit offenen Schalen einer Nuss gefüllt, die er nicht identifizierte. Er nahm eine Muschel, behielt sie in seiner Tasche und stellte die Schachtel dann wieder an ihren Platz. Als nächstes öffnete er die andere Holzkiste, die auf dem Dachboden aufgestellt war und vierzehn große irdene Lampen enthielt. Bhaskar stellte auch diese Kiste wieder an ihren Platz. Auf dem Dachboden befand sich auch ein Plastiksack, der mit Ton gefüllt war. Nun war im ganzen Raum nichts unkontrolliert und unbestätigt, außer der verschlossenen Almirah. Bhaskar war extrem enttäuscht, da er keine einzige Sache bemerkte, die auch nur von geringer Bedeutung erscheinen konnte.

Bhaskar spürte, wie Schweißtropfen über seine Ohren rollten. Die Arbeit, all diese Dinge zwei Stunden lang anzuheben und zu platzieren, hatte auch ihn erschöpft. Der Cocktail aus Not und Erschöpfung führte zu einer lästigen Ratlosigkeit, und er spürte eine Art frustrierenden Zorn. Er schlug viele Male mit der Faust gegen die Wand. Er kam aus dem Raum und eilte in den Salon.

Er stand vor dem Porträt seines Großvaters und betrachtete das Foto. In einem Zustand der Verwirrung begann er mit dem Foto zu sprechen. "Dada Ji, du lächelst. Lächelst oder lachst du über meine Situation? Möchtest du, dass ich meine winzigen kognitiven Fähigkeiten verwirkliche? Stellen Sie meinen Intellekt auf die Probe? Ich zögere nicht zu akzeptieren, dass deine Frage zu unbestimmt ist, um von meiner gewöhnlichen Einsicht verstanden zu werden. Ich kann deine Sprache nicht verstehen. Wenn Sie mir etwas sagen wollen, machen Sie es bitte etwas klarer. Ich kann mit dem Druck dieses Kontextes, der ebenso behandelbar ist wie Fakt und Fiktion, nicht umgehen. Ich bin verwirrt über die Wahl zwischen Glaube und Vernunft, zwischen Herz und Verstand, zwischen Vergangenheit und Zukunft. Ich habe meinen Willen verloren. Wirst du mir helfen?"

In der Zwischenzeit beobachtete Bhaskars Mutter, wie er dies durch das zum Hof hin offene Fenster tat. Als sie Bhaskar den Rücken zuwandte, bemerkte er sie nicht. Sie bekam Angst und brachte ihren Mann hastig zum Tatort. Sie wurden beide sehr besorgt und nervös. Sie konnten nicht verstehen, was ihrem Sohn plötzlich passiert war.

Auf der anderen Seite sprach Bhaskar, der sich der Situation seiner Eltern überhaupt nicht bewusst war, weiter mit seinem Großvater und lag dann mit geschlossenen Augen auf dem Sofa.

Die Chimäre

Bhaskars Vater saß auf einem Stuhl, während seine Mutter auf einem niedrigen Hocker im Hof seines Hauses saß, und Bhaskar saß auf der dritten Treppe des Fluges, der den einzigen Weg zur Terrasse machte. Bhaskar fühlte sich wie ein Sträfling, der vor Gericht erschien.

Ihr Wohnort war ein traditionelles Dorfhaus mit schlichten Dachlinien, asymmetrisch positionierten Fenstern und Türen, schienenlosen Treppen, einem zentral gelegenen Innenhof mit großzügiger Fläche und schlichtem Zementboden. Das Fehlen von Symmetrie beim Bau des Hauses spiegelte wider, dass das Haus in Teilen und in mehreren Stufen gebaut wurde.

Die Gesichter der Eltern spiegelten tiefe Unruhe wider, während Bhaskar sein Missgeschick bereute, das zu einem schrecklichen Durcheinander geführt hatte. Er hatte bereits versucht, seine Eltern davon zu überzeugen, dass es ihm ganz gut ging, und mit dem Porträt zu sprechen, war nur eine Geste seiner eigenen frustrierenden Verärgerung, die er nach dem wiederkehrenden Traum erlitten hatte. Er hatte keine Ahnung, ob seine Offenbarung des Traumerlebnisses die Situation verschlimmern würde. Aber es passierte, und Bhaskar erlebte es in Form von rollenden Tränen aus den Augen seiner Mutter und dem verstörten Gesicht seines Vaters.

Bhaskars Mutter war eine konservative Frau, die perfekt die Klasse der indischen Landfrauen der Mitte des zwanzigsten Jahrhunderts repräsentierte, die fest an Gott glaubte und nicht nur den religiösen Praktiken folgte, sondern auch an

Aberglauben, Zauberei, Magie und Geister glaubte. Sobald sie von Bhaskars Traum erfuhr, wurde sie sehr nervös. Sie schloss die Augen und begann mit gefalteten Händen zu Gott zu beten. „Herr, beschütze meinen Sohn, rette ihn vor dem bösen Schatten. Wenn wir einen Fehler gemacht haben, dann vergib uns, und wenn der Fehler unzulässig ist, dann gib mir die Strafe für den Anteil meines Sohnes."

Nachdem er die Worte seiner Frau gehört hatte, sagte Herr Dixit, ein wenig irritiert: "Jetzt hat Ihr Unsinn begonnen."

Aber sie war nicht bereit, sich etwas anzuhören. Sie blickte ihn finster an und sagte: „Du denkst über all diesen Unsinn nach. Du findest den Namen Gottes Unsinn. Du verstehst nicht, warum er diesen Traum immer wieder hat. Hast du seine Reaktion im Salon nicht gesehen? Es liegt an einem bösen Geist. Es gibt böse Geister, die den Körper eines Menschen besitzen und einen dazu bringen, alles zu tun, was der Geist wünscht."

Herr Dixit, jetzt mit ruhiger Stimme, sagte: „Ich habe auch diese abergläubischen und irrationalen Geschichten gehört. Du kennst deinen Schwiegervater viel besser als mich. Du warst sein Favorit und er behandelte dich wie seine Tochter. Du bist dir seines spirituellen und intellektuellen Niveaus bewusst. Selbst wenn wir diese trügerischen Erzählungen für wahr halten, kann irgendein böser Geist so mächtig sein, dass er sogar im Traum seine Form annehmen kann? Sagen Sie es mir. Kannst du das glauben? Vergessen Sie also Ihre Sicht der paranormalen Beteiligung. Manchmal ruht etwas so tief in unserem unbewussten Gedächtnis, dass es nicht leicht herauskommt. Dann erscheint es in einer neuen Form in unseren Träumen, indem es sich mit anderen Gedanken unseres Gehirns vermischt. Ein Psychiater kann sehr leicht damit umgehen."

Aber Frau Dixit war nicht bereit, auf irgendetwas zu hören, sie sagte: „Was auch immer du denkst, ich werde darüber nicht streiten, aber ich werde meinen Sohn erst morgen in die Höhle Baba bringen. Nur er kann meinen Sohn jetzt aus dieser Krise befreien. Er ist ein Wunder. Aus einer Menschenmenge von Tausenden ruft er einen Menschen beim Namen, kennt seinen Verstand, noch bevor er sprechen kann. Er wird alles in einem Moment verstehen und sobald er seine Hand auf Bhaskars Kopf legt, wird das ganze Problem enden."

Herr Dixit sagte in einem leicht sarkastischen Ton: „Glaubst du, dass Cave Baba auf dich wartet? Es gibt immer eine Menge von Tausenden, und Sie sind keine Ehefrau oder Mutter eines Ministers oder eines Parlamentsmitglieds oder eines MLA oder eines hochrangigen Offiziers, der Baba Ji treffen kann, sobald Sie dort ankommen. Du wirst mit Begeisterung dorthin gehen, aber zurückkommen, nachdem du von der Menge verletzt wurdest."

Frau Dixit hatte Ausdrücke der Verzweiflung auf ihrem Gesicht, aber plötzlich zeigte sie einen Dünkirchengeist und sagte: „Komm, was auch immer, ich werde Bhaskar zu Baba Ji bringen. Er weiß alles und wird unsere Situation spüren. Er wird uns sicher anrufen. Bis ich Baba Ji treffe, werde ich nicht zurückkommen, ob es Wochen oder Monate dauert."

Bhaskars Vater nahm seine Brille ab. Sein Gesicht drückte anscheinend die Gefühle der widerwilligen Kapitulation vor der Entscheidung seiner Frau aus.

Bhaskar erkannte, dass niemand seine Mutter davon überzeugen konnte, die Idee, Cave Baba jetzt zu besuchen, aufzugeben. Er stand auf und spürte plötzlich, wie die Schale der Nuss in seiner Tasche lag, also nahm er diese Schale heraus und warf sie in den Hof.

Sobald seine Mutter diese Nuss sah, sagte sie: "Warum hast du dieses Stück Ritha in deiner Tasche?"

Bhaskar sagte: „Das ist also Ritha? Soapberry? Ich wollte dich fragen, was diese Muschel ist." Bhaskar ging in sein Zimmer, während seine Eltern über sein fragendes Verhalten nachdachten.

Die Offenbarung

Bhaskar und seine Eltern wollten gerade den Ashram von Cave Baba erreichen, als sie mitten auf der Straße Barrikaden sahen. Zwei Polizisten deuteten an, dass das Fahrzeug rechts abbiegen sollte. Herr Dixit sah den Fahrer an und sagte: "Vielleicht gab es einen Unfall."

Der Fahrer lachte und sagte: „Nein, Sir, es scheint, dass Sie zum ersten Mal hierher gekommen sind. Über diesen Punkt hinaus sind Fahrzeuge nicht erlaubt, und man muss zu Fuß weitergehen."

Herr Dixit schaute nach draußen und stellte fest, dass mehrere Hektar Felder zu einem Parkplatz umgebaut worden waren. Hunderte von Fahrzeugen wurden auf dem Boden abgestellt. Die Familie ließ das Auto auf dem Parkplatz stehen und ging auf den Wagen zu.

Auf dem ganzen Weg gab es Geschäfte auf beiden Seiten, die Gegenstände im Zusammenhang mit Gottesdiensten, religiösen Büchern, Süßigkeiten und auch einige kleine Restaurants verkauften. Fast alle Wohnhäuser hatten an den Wänden Tafeln MIT „VERFÜGBAREN RÄUMEN". Insgesamt wurde dieses kleine Dorf, das sich in der abgelegenen Gegend der zentralindischen Region Bundelkhand befindet, verjüngt und in eine Handelszone umgewandelt.

Ein Gentleman, der mit ihnen ging, erzählte ihnen, dass die Miete für Häuser und Geschäfte, die in diesem Dorf gebaut wurden, der der besten Lagen in den Metropolen entsprach, und die Grundstückspreise so exorbitant waren, dass nur Tatas, Birlas oder Ambanis daran denken konnten, dort ein Stück Land zu kaufen.

Nach einer Meile erreichte die Familie das Haupttor des a shram, das überhaupt nicht überfüllt war. Herr Dixit fühlte sich beruhigt, als er erkannte, dass sich die Entscheidung, heute zu kommen, als zufällig richtig erwiesen hatte, da die Anzahl der Besucher heute geringer war und es für sie daher einfacher sein würde, Babas Darshan zu haben. Das Haupttor des Ashrams war geschlossen, aber eine kleine Seitentür war offen, an der Wachleute in dunklen, grauen Uniformen eingesetzt wurden.

Mr. Dixit hatte gerade versucht, durch das Tor einzutreten, um hineinzugehen, als die Wache ihn anhielt und sagte: "Zeigen Sie den Pass."

Herr Dixit wurde ein wenig schockiert und sagte: "Pass, was für ein Pass?"

Der Wärter lachte und sagte: „Onkel, bist du zum ersten Mal hierher gekommen? Gehen Sie zuerst zum Besucherflügel und erledigen Sie die Registrierung, dann gehen Sie zum Verwaltungsflügel und lassen Sie sich den Pass ausstellen. Dann kommst du hierher. Erst nachdem du einen Pass erhalten hast, darfst du hineingehen."

Mr. Dixits Herz sank und mit schwerem Herzen fragte er die Wache: "Wo ist der Besucherflügel?"

Der Wächter sagte etwas irritiert: „Sind Sie Analphabet? An vielen Stellen werden Gebietskarten prominent dargestellt. Schauen Sie sich einen von ihnen an, Sie werden alles wissen. Jetzt geh weg und versperre nicht den Weg."

Bhaskar hörte dem Gespräch zu. Er ärgerte sich über die Unhöflichkeit der Wache und wollte die Wache zurechtweisen, aber Herr Dixit schleppte ihn mit der Hand weg. Sie gingen auf den Besuchertrakt zu und fanden dort eine lange Schlange. Auch sie standen am Ende in der Schlange und nach zwei Stunden ließ Bhaskar seine Familie registrieren. Dann zogen sie in den Verwaltungsflügel, der vergleichsweise weniger überfüllt war, und auch die Warteschlange war kurz. Sie bekamen die Pässe innerhalb einer halben Stunde.

Schließlich betrat die Familie Dixit den Ashram. Sie alle mussten einen Metalldetektor passieren, kurz nachdem sie das Tor überquert hatten. Dann erreichten sie einen breiten, zementierten Weg mit Mehndi-Hecken und schönen Laternenpfosten auf beiden Seiten, entlang des Durchgangs.

Mit Blick auf die Größe des Ashrams sagte Bhaskar: „Ich erwartete, dass Baba Ji in einer Höhle leben würde, und nahm an, dass wir dorthin gelangen würden, indem wir durch die rutschigen nassen Felsen gehen, Zweige unter den Füßen knirschen und den Geruch von Tierkot und stehendem Wasser erleben würden. Aber wenn wir hierher kommen, fühlt es sich an, als hätten wir entweder ein Fünf-Sterne-Hotel oder den Hauptsitz eines multinationalen Unternehmens erreicht."

Als Mrs. Dixit dies hörte, runzelte sie die Stirn und sah Bhaskar als Signal an, ruhig zu bleiben. Erst dann sagte Herr Dixit: "Jetzt sind alle Babas Milliardäre, sie reisen mit dem Flugzeug, sie haben Flotten von Elite-Autos, sie tragen Ray-Ban-Brillen und verwenden Accessoires von Marken wie Mont Blanc und Armani. Ich denke, dass sehr bald alle ihre Ashrams an der Börse notiert werden."

Frau Dixit blieb stehen, drehte sich wütend auf ihn zu und sagte: „Du auch! Er ist ein Kind, aber du musst etwas Zurückhaltung üben." Mr. Dixit wurde eingeklemmt.

Nach einem Spaziergang von etwa hundert Metern erreichten sie den großen Eingang eines palastartigen Gebäudes, vor dem sich ein schöner Garten in kreisförmiger Form mit einem großen Brunnen in der Mitte entwickelte. Sie betraten das Gebäude und erreichten einen gut ausgestatteten riesigen Saal, in dem bereits Hunderte von Menschen saßen. Die

Freiwilligen des Ashrams gingen hin und her und halfen und verwalteten die Gottgeweihten, damit sie richtig sitzen konnten. Der Raum füllte sich schnell. Bhaskar wurde zusammen mit seinen Eltern in einem leeren Raum untergebracht. Nach etwa eineinhalb Stunden Wartezeit hallte eine süße Stimme auf dem Lautsprecher wider, dass Baba Ji bald ankommen würde, und Baba Ji kam innerhalb einer Minute an.

Baba Jis Alter war nicht älter als fünfunddreißig. Er erschien in einem bunten Gewand mit einem breiten Lächeln im Gesicht. Sein Aussehen war attraktiv und beeindruckend. Baba Ji begann seinen typischen mystischen Prozess, für den er berühmt war. Er wählte zufällig einen Anhänger aus der Menge aus und rief ihn auf die Bühne. Bevor er etwas sagen konnte, schrieb er etwas auf ein Blatt Papier und drehte dann das Papier um. Dann bat er diesen Gottgeweihten, die Probleme, die er von Baba Ji lösen lassen wollte, allen im Beschallungssystem zu beschreiben. Danach zeigte und las Baba Ji das Papier vor, auf dem er bereits geschrieben hatte. Erstaunlicherweise enthielt das Papier die Erwähnung aller Probleme, genau wie sie vom Gottgeweihten geteilt wurden, mit Lösungsvorschlägen.

Die ganze Menge jubelte Baba Ji und seinen wunderbaren Kräften zu. Dieser Prozess dauerte etwa drei Stunden, aber Baba Ji rief kein Mitglied der Dixit-Familie an. Und dann hallte die gleiche melodische Stimme wieder auf dem Lautsprecher wider. Es war Zeit für Baba Ji, sich auszuruhen, und der ganze Saal hallte mit dem Jubel von Baba Ji wider. Baba Ji stand auf und verließ den Ort.

Die Hoffnungen von Bhaskars Mutter wurden durch Baba Jis Abreise zerschlagen. Sie war fast im Begriff zu weinen. Die Leute zerstreuten sich und zogen aus, aber Bhaskar und seine Eltern blieben an ihrer Stelle. Nach einiger Zeit waren nur noch die Mitglieder der Familie Dixit im Saal.

Frau Dixit war in einem schockierten Zustand. Sie konnte nicht glauben, dass Baba Ji sie nicht angerufen hatte. Sie weinte und hatte das Gefühl, dass ihre Jahre der Anbetung und Hingabe umsonst gewesen waren. Bhaskar und sein Vater versuchten, sie zu überzeugen, aber sie war nicht bereit, auf irgendetwas zu hören.

Als er sie beobachtete, kam ein großer Mann, der ein Freiwilliger war, auf sie zu und versuchte, sich über die Angelegenheit zu informieren. Er sprach laut und versuchte sie davon zu überzeugen, dass "Baba Ji die Probleme anderer Menschen für ernster hielt als deine, und deshalb hat er dich nicht angerufen." Nach einem kurzen Gespräch mit der Familie ging er auf den Ausgang zu und wies Herrn Dixit an, ihm zu folgen.

Herr Dixit griff nach draußen und fand die Person, die auf ihn wartete. Der große Mann signalisierte erneut, ihm zu folgen. Herr Dixit folgte ihm weiter, bis der große Mann hinter einem Baum neben dem Gebäude stehen blieb. Er ging zu ihm.

Der große Mann sagte: „Sir, als ich die wahre Hingabe Ihrer Frau beobachtete, verspürte ich einen starken Drang, Ihnen zu helfen. Ich kann dein persönliches Treffen mit Baba Ji vereinbaren. Aber dafür musst du ein wenig ausgeben."

Herr Dixit sagte zögerlich: "Wie viel?"

"Fünfzigtausend", sagte der große Mann.

Herr Dixit verlor seine Sinne, als er die Menge hörte. Mit gefalteten Händen sagte er: „Bruder, vielleicht hast du mich falsch eingeschätzt. Ich bin nicht in der Lage, so viel zu bezahlen."

Der große Mann sagte: "Die Leute sind bereit, bis zu fünfzig Lakhs zu zahlen, um Baba Ji zu treffen, und du weigerst dich, einen kleinen Betrag von fünfzigtausend zu zahlen."

Herr Dixit sagte: „Ich weiß nicht, was Sie von mir halten. Ich bin eine pensionierte Lehrerin. Der Betrag, den Sie gefordert haben, übersteigt meine Kapazitäten bei weitem."

Der große Mann sah beunruhigt aus. Er sagte: „Ich weiß nicht, warum ich ein so starkes Mitgefühl für Ihre Frau hatte. Okay, sag mir, wie viel du bezahlen kannst?"

Herr Dixit war glücklich, maximal fünfhundert Rupien zu geben, aber er hielt es nicht für angebracht, die Nachfrage der Person auf den hundertsten Bruchteil zu reduzieren. Er sammelte Mut und sagte: "Ich kann bis zu fünftausend Rupien geben."

Der große Mann war unzufrieden mit der Menge, aber er sagte mit gedämpfter Stimme: "Okay, gib es."

Herr Dixit gab ihm das Geld. Der große Mann zählte das Geld, zog einen Zettel aus seiner Tasche, gab ihn Herrn Dixit und sagte: "Füllen Sie die Details schnell aus."

Herr Dixit hat die Daten entsprechend eingetragen. Dann nahm er den Zettel zurück und sagte: "Bleib im Flur, ich rufe dich in einer Weile an." Er ließ Mr. Dixit zurück und ging zügig weg.

Alles ging so schnell, dass Herr Dixit eine Weile verwirrt stand und dann schweren Herzens auf den Saal zuging. Er hatte nur einen Gedanken in seinem Kopf, dass der Mann ihn betrogen und seine fünftausend Rupien an sich gerissen hatte.

Als Herr Dixit zu seiner Familie zurückkehrte, senkte sich sein Gesicht. Bhaskar fragte ihn: "Gibt es ein Problem, Papa?"

Herr Dixit beantwortete seine Frage nicht, sondern sah seine Frau an und sagte: "Ich versuche, ein Treffen mit Baba Ji zu arrangieren."

Mrs. Dixit drehte sich zu ihm um und starrte, als ob sie seinen Humbug nicht mochte. Bhaskar schaute in sein

Gesicht und sagte: "Was ist passiert, Papa, wohin bist du gegangen?"

Herr Dixit sagte mit sehr leiser Stimme: „Ich suchte Hilfe bei diesem großen Mann. Er versicherte mir, dass er uns Baba Ji vorstellen würde."

Bhaskars Gesicht zeigte ein Gefühl der Überraschung und Mrs. Dixit sah aus wie ein flüchtiger Blick des Glücks, das von Hoffnung geweckt wurde.

Bhaskar sagte: „Papa, glaubst du, dass eine Person seines Status uns Baba Ji vorstellen kann? Ich denke, dass er keine Position innehat, in der er selbst Baba Ji treffen kann. Wie auch immer, einige von Baba Jis Taten scheinen wundersam zu sein. Ich war auch beeindruckt, aber ein Wunder bleibt ein Wunder, solange die Methode, es zu tun, ein Geheimnis bleibt. Sobald das Geheimnis des Tricks gelüftet ist, scheint jedes Wunder normal zu sein. Vor ein paar Jahren waren viele der Babas, die im Rampenlicht standen, jetzt im Gefängnis und niemand erinnert sich an sie. Die Leute haben sie vergessen."

Frau Dixit zeigte falsche Wut gegenüber Bhaskar und schlug ihm sanft auf die Hand und sagte: „Halt die Klappe, du hast immer noch kein Gefühl von Weltlichkeit. Ein paar Bücher zu lesen, kann keine weltliche Weisheit bringen."

Sie warteten mehr als zwei Stunden. Es war halb acht in der Nacht. In diesem Moment kamen ein paar Arbeiter in die Halle, die Mopps, Besen und Wischer trugen. Einer von ihnen trug einen großen Mülleimer und zwei Leute drängten auf eine große Maschine. Bhaskar spürte, dass alle gekommen waren, um den Flur zu säubern, und jetzt würden sie den Ort verlassen. Bhaskar sagte: „Mutter, lass uns jetzt von hier gehen. Komm schon, Papa."

Frau Dixit wurde wieder aufgeregt und sagte: "Ich werde nicht einmal von hier wegziehen, ohne Baba Ji zu treffen."

Bhaskar sagte: „Mutter, siehe, das Hauspersonal ist eingetroffen, um den Ort zu reinigen. Komm schon, steh von hier auf. Wenn du hier drüben protestieren willst, dann komm wieder hierher, wenn die Reinigung fertig ist. Okay."

Frau Dixit hielt Bhaskars Hand und stand mit seiner Unterstützung auf. Bhaskar hielt sie fest, als sie den Flur verließen. Herr Dixit war immer noch traurig über den Verlust seiner fünftausend Rupien, aber jetzt war er in einem Dilemma, ob er dies seiner Frau und seinem Sohn sagen sollte.

Bhaskar wollte so schnell wie möglich nach Hause zurückkehren. Als er seinen Vater ansah, sagte er: "Der Fahrer unseres Taxis muss dort auf dem Parkplatz sitzen."

Seine Mutter wurde wütend, als sie Bhaskar zuhörte, und hörte auf. Sie war unter keinen Umständen bereit zu gehen.

Herr Dixit hatte erkannt, dass der große Mann ihn betrogen hatte und damit bereits die Hoffnung aufgegeben hatte, eine Antwort vom Turm zu erhalten. Also beschloss er, es zu vergessen. Er konzentrierte sich auf seine Frau und versuchte sie zu trösten, indem er erklärte: „Wenn wir Baba Ji heute nicht treffen könnten, bedeutet das nicht, dass wir ihn überhaupt nicht treffen werden. Wir kommen nach zwei oder drei Tagen wieder. Wenn wir auch an diesem Tag erfolglos bleiben, kommen wir wieder. Es ist etwa neun Uhr in der Nacht; wir werden drei Stunden brauchen, um nach Hause zu kommen. Wenn wir jetzt gehen, erreichen wir unser Zuhause um Mitternacht. Jetzt hat es keinen Sinn, heute hier zu bleiben."

Frau Dixit machte ein Gesicht, als hätte sie sich ergeben. Sie gingen auf das Haupttor des Ashrams zu.

Erst dann rannte ein Freiwilliger zu ihnen und hielt einen Ausrutscher in der Hand. Er las die Namen auf dem Zettel,

Herr R.S. Dixit, Frau Astha Dixit, Herr Bhaskar Dixit und sagte: "Sind das Ihre Namen?"

Bhaskar sagte: "Ja." Der Mitarbeiter las den Zettel noch einmal und sagte: "Ihr seid aus dem Dorf Deri im Bezirk Tikamgarh gekommen."

Bhaskar sagte neugierig: "Ja, diese Adresse gehört auch uns, aber erzähl uns, was passiert ist."

Der Mitarbeiter sagte mit großer Begeisterung: „Baba Ji möchte dich kennenlernen."

Als Frau Dixit das hörte, war sie extrem überrascht und begeistert. Sie faltete beide Hände und dankte Gott und Baba Ji. Herr Dixit war auch sehr glücklich, aber der beste Teil seines Glücks kam nur von der Befriedigung, dass seine hart verdienten fünftausend Rupien nicht umsonst gegangen waren. Bhaskars Gesicht zeigte eher Zufriedenheit als Glück. Er war glücklich, weil seine Mutter erleichtert war.

Der Freiwillige brachte sie in einen Lobby-Raum im Gebäude und deutete ihnen, sich auf ein Sofa zu setzen. Er zeigte auf eine geschlossene Tür und sagte ihnen, dass Baba Ji sie in Kürze in diesem Raum treffen würde. In der Zwischenzeit brachte eine Kellnerin Wasser und Tee für sie.

Sobald sie mit dem Tee fertig waren, kam ein Mann von beeindruckender Persönlichkeit, begrüßte sie höflich und sagte: „Ich bin der Hausmeister des Ashrams und arbeite als persönlicher Assistent von Baba Ji. Baba Ji wartet auf dich."

Frau Dixit war erstaunt. Sie stand sofort auf und hielt den Arm ihres Mannes mit einer Hand und den Arm ihres Sohnes mit der anderen Hand und signalisierte ihnen, aufzustehen und sich zu bewegen. Als der Hausmeister ihre Ungeduld sah, lächelte er.

Bhaskar ging mit seinen Eltern hinein und fand Baba Ji vor ihnen auf einem großen sofaähnlichen Stuhl sitzen. Er begrüßte sie mit gefalteten Händen und deutete darauf, auf dem Sofa neben ihnen zu sitzen. Trotz Baba Jis Geste auf das Sofa zu bewegte sich Frau Dixit weiter vorwärts und wollte gerade auf dem Teppich in der Nähe von Baba Jis Füßen sitzen, als Baba Ji sich bückte und sie anhielt und sie selbst zum Sofa brachte. Bhaskar und Herr Dixit saßen neben ihr. Bhaskar war tief beeindruckt von der Höflichkeit von Baba Ji.

Baba Ji sagte: „Euch zu treffen, ist nur ein Zufall. Warum und wie, lassen Sie mich Ihnen kurz erzählen. Immer wenn ich nachts im Ashram bin, treffe ich mich auch abends regelmäßig mit einigen Leuten. Das Ashram-Personal prüft die Details der Personen und stellt ihnen einen "Privilege Pass" zur Verfügung. Die Leute, die ich hier treffe, kommen entweder aus der Eliteklasse oder aus den Familien und nahen Verwandten von Freiwilligen. Mein persönlicher Assistent, der auch der Hausmeister des ashram ist, misstraute einem der Freiwilligen wegen seiner häufigen Nachfrage nach dem "Privilege Pass". Es wurde vermutet, dass dieser Freiwillige Geld von den Devotees verlangte und ihnen den Pass aushändigte, indem er sie zu seinen Verwandten erklärte. Er hat heute dasselbe mit dir gemacht, wurde aber auf frischer Tat ertappt."

Als sie dies hörten, sahen sowohl Frau Dixit als auch Bhaskar Herrn Dixit zusammen an. Herr Dixit sah schuldig aus, zögerte ein wenig, faltete dann aber als Geste der Entschuldigung die Hände.

Baba Ji fuhr fort: "Mein Assistent erzählte mir, dass dieser Mitarbeiter heute wieder nach dem" Privilege Pass "für eine Familie gefragt hatte, die behauptete, sie seien seine Verwandten. Sobald ich deinen Namen und deine Adresse sah, erinnerte ich mich plötzlich daran, dass mein Vater ein paar Jahre an diesem Ort geblieben war und Astrologie und Sanskrit von einem großen Gelehrten gelernt hatte. Ich erinnere mich nicht an seinen vollständigen Namen, aber sein

Nachname war auch Dixit. Mein Vater sprach ihn immer als Acharya Ji an und sprach oft über seine schulischen Leistungen und seine einzigartige Persönlichkeit."

Bhaskar hatte ein Gefühl von Stolz auf seinem Gesicht; er sagte mit viel Enthusiasmus: "Er war mein Großvater."

Baba Ji sah Bhaskar an und sagte: „Ich hatte eine ähnliche Annahme über deine Familie, und es ist ein Privileg, die Familie einer solchen göttlichen Persönlichkeit zu treffen. Welche Ausbildung ich auch erhalten habe, ich habe sie nur von meinem Vater erhalten. Die Ausbildung, die mein Vater erhielt, erhielt er von Acharya Ji. Auf diese Weise hat Acharya Ji für mich einen Reverend-Status."

Bhaskar war stolz auf seinen Großvater und jetzt wurde sein Glaube an seine außergewöhnlichen Leistungen fester.

Baba Ji sah Bhaskars Gesicht an und starrte eine Weile weiter und schloss allmählich seine Augen. Nach einer Minute öffnete er die Augen und lächelte geheimnisvoll. Dann verlagerte er seinen Blick auf Frau Dixit und sagte: „Mutter, du bist mit einem Zweck hierher gekommen und jetzt ist dein Zweck eine Mission für mich. Ich verspreche dir, dass ich dir mit meinen vollen Fähigkeiten helfen werde. Aber zuerst solltest du mir versprechen, dass du mir und meinem Rat vertrauen wirst."

Frau Dixit war verwirrt und konnte aus Baba Jis Behauptung nichts vermuten. Aber sie hatte nur eine kleine Vorstellung davon, dass es ihr Schwiegervater war, dessen Gnade es ihrer Familie ermöglichte, im Ashram eine Sonderbehandlung zu erhalten. Ihre Gefühle entgingen in Form von Tränen durch seine Augen. Sie faltete ihre Hände und sagte: „Wir können niemand anderem als dir vertrauen und aus diesem Grund sind wir hier. Deine Worte werden für uns Gebote sein. Bitte, zeig uns den Weg." Herr Dixit schüttelte auch den Kopf und bestätigte die Worte seiner Frau.

Dann wandte sich Baba Ji an Herrn Dixit und sagte: „Ich brauche auch Ihr Engagement. Sir, würde es Ihnen etwas ausmachen, wenn ich Ihnen ein paar Fragen stelle?"

So wie Baba Ji um Erlaubnis bat, Fragen zu stellen, ahnte Herr Dixit einfach, dass es sich bei den Fragen definitiv um ein sensibles Thema handeln würde, aber er versuchte, seine Gedanken vor dem Erscheinen auf seinem Gesicht zu verbergen, sagte Herr Dixit: "Ja, Sir."

Baba Ji lächelte und sagte: „Was waren die Erwartungen deines Vaters an dich?"

Herr Dixit versuchte zu sprechen, konnte aber nicht mehr als ein leichtes Stottern erzeugen. Baba Ji lächelte weiter, während Bhaskar sich ein wenig schämte.

Baba Ji fuhr fort: „Lassen Sie mich die Frage vereinfachen. Was waren Acharya Jis Pläne für deine Karriere?"

Herr Dixit antwortete mit äußerster Bitterkeit: „Er hatte nie Zeit, über unsere Karrieren nachzudenken. Er erkannte nie die Bedeutung des Geldes und blieb immer sorglos gegenüber den Bedürfnissen der Familie."

Baba Ji fragte: "Hatte Acharya Ji dich jemals gebeten, irgendwelche seiner Fähigkeiten und Kenntnisse zu erlernen?"

Herr Dixit sagte: „Er bestand immer darauf, dass ich all sein Wissen in Astrologie, Astronomie, vedischer Chemie und anderen Bereichen seines Fachwissens lerne. Aber ich erkannte, dass das Wissen über diese veralteten Ströme mir nicht helfen konnte, ein glückliches Leben zu führen. Dann bat er mich schließlich, Ayurveda-Kenntnisse zu erwerben, damit ich meinen Lebensunterhalt verdienen konnte." Herr Dixit atmete tief durch.

Baba Ji fragte ihn: „Hast du seinen Rat befolgt?"

Die Frage fiel wie ein Hammer auf Herrn Dixits Gewissen. Er antwortete mit lauter Stimme: „Nein, ich bin ihm nicht gefolgt. Weil ich nicht wollte..."

Baba Ji unterbrach und erlaubte Herrn Dixit nicht, es abzuschließen, und sagte zu Herrn Dixit: „Ich bin nicht daran interessiert, die Gründe zu kennen. Sag mir einfach, ob er dich gezwungen hat, seinem Rat zu folgen."

Herr Dixit sagte: "Nein, sobald ich einen Job bekommen habe, hat er aufgehört, darauf zu bestehen."

Baba Ji fragte sofort: "War deine Entscheidung, richtig?"

Herr Dixit antwortete: „Ja, ich habe die richtige Entscheidung getroffen. Wäre ich seinem Beruf und seiner Lebensweise gefolgt, hätte ich in meinem Leben nichts getan. Jetzt kann man behaupten, dass meine Entscheidungen falsch sind. Es ist üblich, idealistische Prinzipien zu respektieren und über Tugenden wie Altruismus, Opfer, Hingabe, Einfachheit und sozialen Wandel zu sprechen, aber ihnen zu folgen ist etwas ganz anderes. Jeder wünscht sich die Wiedergeburt der Revolutionäre, aber nur in der Nachbarschaft und nicht im eigenen Haus."

Baba Ji sagte: „Herr Dixit, niemand kann Ihnen die Schuld geben, da jede Handlung vom Willen Gottes regiert wird. Niemand kann vom Willen Gottes abweichen. Niemand hat das Recht, deine Entscheidung als falsch zu bezeichnen, weil jede Aktivität, die in dieser Welt stattfindet, durch den Willen Gottes geschieht. Aber auch Gott zwingt niemandem seinen Willen auf, sondern gibt ihm das Recht zu wählen. Es hängt vom eigenen Ermessen ab. Die Wahl der richtigen Option nennen wir Glück oder göttliche Gnade. Die richtige Wahl ist notwendig, um die Bestimmung zu erreichen, und dafür muss man an Gott glauben. Die Natur signalisiert dir, wenn du anfängst, vom Weg deiner Bestimmung abzuweichen, aber diese Zeichen zu erkennen und ihnen zu folgen, hängt vom

Glauben an Gott ab. Darüber hinaus reicht es nicht aus, nur die Sprache der Zeichen zu verstehen. Vielmehr ist es wichtiger, den Weg nach diesen Zeichen zu ändern. Manchmal gibt es Momente, in denen man sich über die Folgen einer Änderung des Weges unsicher wird, und dies ist der wichtigste Moment, der entscheidet, ob man sich vom Schicksal entfernt oder sich ihm nähert. Tatsächlich haben die Menschen keine Angst vor der Situation, sie fürchten vielmehr Annahmen über die Folgen. Auf der anderen Seite erreicht ein Mensch, der keinen Zweifel an der Einhaltung göttlicher Hinweise hat, sein Schicksal."

Baba Ji fuhr fort: „Nun stellt sich die Frage: Warum wird Zweifel geboren? Zweifel kommen nur, wenn du anfängst, dein Schicksal in Bezug auf die trivialen Instanzen deines Lebens zu bewerten. Das Leben ist kein Konto für Gewinn und Verlust, sondern eine Abrechnung Ihres Guthabenkontos, bei der eine Zunahme des Glaubens an Gott zu einer Zunahme Ihrer Kreditwürdigkeit führt."

Als er fertig war, schwieg Baba Ji. Frau Dixit begann sich ein wenig unwohl zu fühlen, also sagte sie: „Baba Ji, bitte hör dir das Problem an, das uns hierher gebracht hat. Wir machen uns Sorgen um unseren Sohn Bhaskar..."

Baba Ji unterbrach sie: „Mutter, das ist es, wovon ich spreche. Du denkst, dass ein böser Geist deinen Sohn verfolgt hat, während dein Mann will, dass er einen Psychiater konsultiert. Und mit großen Grüßen an euch beide, keiner von euch hat Recht. Ihr Sohn braucht weder einen Psychiater noch einen Exorzisten. Er selbst wird handeln müssen und Ihre Unterstützung wird seine größte Stärke sein. Gib ihm etwas Zeit, etwas Freiheit. Er ist dein Sohn und wird für immer bleiben. Ich bestehe darauf, dass du ihm fünfzehn Tage gibst. Nur fünfzehn Tage; und befreie ihn für diesen Zeitraum von all deinen Erwartungen. Lass ihn gehen, wohin er will, lass ihn tun, was er will. Und, Mutter, mach dir keine Sorgen, für diese fünfzehn Tage wird seine Sicherheit und sein Wohlergehen meine Verantwortung sein."

Bhaskar sagte: "Baba Ji, darf ich dich etwas fragen?"

Baba Ji lächelte. "Sicher. Ich weiß jedoch, was in deinem Kopf vor sich geht, aber es wird angemessener sein, es in deinen Worten anzuhören."

Bhaskar sagte: "Sind Träume es wert, verfolgt zu werden?"

Baba Ji antwortete: „Unsere vedische Wissenstradition betrachtet Träume als die zuverlässigsten Quellen der Einsicht. Träume zeigen die Fähigkeit, mit dem höchsten Bewusstsein zu interagieren und dir Einblicke in die Realität in dieser illusorischen Welt zu geben. Viele Menschen denken jedoch anders und betrachten Träume als Illusionen und die Welt als real. Träume machen dich realistisch zwischen Seele und Körper; und zeigen dir den Weg zur Realität der illusorischen Natur des Körpers und der Welt um uns herum."

Bhaskar fragte ihn: „Ist es möglich, dass eine Person, die vor sechzehn Jahren gestorben ist, heute eine Nachricht senden kann? Ist es wissenschaftlich vernünftig?"

Baba Ji lächelte und sagte: „Das Problem liegt in der Absurdität, wissenschaftliche Beweise nur als Beweis für die Wahrheit zu betrachten. Die Wissenschaft kann die Sinne nicht transzendieren und die Sprache kann die Stille nicht ausdrücken. Dies sind lineare Konzepte, während das Universum mehrdimensional und mehrfach gefaltet ist. Es gibt also viele Dinge, die weit außerhalb der Reichweite der Wissenschaft liegen. Das Bewusstsein hat vier Stufen. Die ersten drei—Wachen, Träumen und Tiefschlaf—sind Zustände, die mit Dualität der Sinne und des Geistes existieren. Der vierte Zustand ist Turiya, in dem das Bewusstsein weder innerlich noch äußerlich noch sowohl innerlich als auch äußerlich ist. Dieser Zustand ist jenseits der

Sinne, des Wissens und der Vernunft. Es kann nicht beschrieben, verstanden oder gedacht werden. Dies ist reines Bewusstsein, das nichtdual ist; dies ist eines ohne eine Sekunde. Eine Person, die diesen Bewusstseinszustand erlebt, erreicht die Vereinigung mit dem universellen Bewusstsein oder dem unendlichen Geist. So erreicht er einen Zustand, der immer existiert, immer bewusst und alldurchdringend ist. Dies ist ein Zustand, der die anderen drei Zustände durchdringt. Es ist keine Überraschung für eine außergewöhnliche Persönlichkeit wie ihn. Acharya Ji hat das reine Bewusstsein seines eigenen Selbst erreicht, das nichtdual ist. Er ist eins geworden mit allem und jedem. Für ihn haben sich das Bekannte, der Wissende und das Wissen vereint und sind eins geworden."

Bhaskar sagte: „Es scheint mir sehr verwirrend. Ich kann es nicht klar verstehen. Also, sind alle Träume es wert, gefangen zu werden? Ist mein Traum nur eine Erscheinung oder eine Art verschlüsselte Botschaft? Baba Ji, bitte führe mich."

Baba Ji lächelte wieder. „Ich möchte Ihnen eine Analogie geben. Betrachten Sie Dreams als Fernsehkanal. Sie können die Programme nur ansehen, wenn Sie die Antenne in der richtigen Ausrichtung und Kalibrierung halten. Je leistungsfähiger die Antenne ist, desto klarer wird die Optik. Die mangelnde Klarheit im Ausgang deutet auf eine Fehlausrichtung der Antenne hin. Ein Kanal sendet Programme rund um die Uhr, aber Sie sehen sich nur die Programme an, die sich auf Ihre Interessen beziehen. In ähnlicher Weise hängen die Träume mit den Emotionen, der Phantasie, der Angst, der Vorstellungskraft, dem Intellekt und dem Wissen zusammen. All dies sind nur Variablen und können sich nur auf die Effizienz und Empfangsqualität einer Antenne auswirken. Aber sie können den Inhalt des Programms, das ausgestrahlt wird, nicht beeinflussen."

Baba Ji blieb eine Weile stehen und sagte dann mit ernster Stimme: „Bhaskar, soweit ich das analysieren kann, hat dein Großvater eine Nachricht für dich hinterlassen, und du musst sie selbst finden. Du hast einen Platz erreicht, wo du den Weg deiner Wahl nehmen musst. Wenn Sie bei der Auswahl des richtigen einen Fehler begehen, werden Sie nie das Ziel erreichen, das für Sie vorgesehen ist. Also, es ist deine Einstellung, folge deinem Herzen. Legen Sie Ihren Grund für eine Weile beiseite. Höre auf deine Phantasie, höre auf deinen Instinkt, höre auf dein inneres Selbst, lass deine Ängste und Zweifel an die Oberfläche kommen. Suchen Sie dann nach Antworten auf die Fragen, die Sie beunruhigen. Sobald Sie die Antworten gefunden haben, werden die Probleme verschwinden und Sie werden einen echten Grund haben, Ihrem Schicksal mit vollem Engagement und ohne Sorgen oder Dilemmas zu folgen. Möge Gott dich segnen."

Baba Ji stand dann auf und begrüßte sie mit gefalteten Händen. Alle standen zu ihm. Baba Ji drehte sich um und ging hinein. Bhaskars Mutter war immer noch in einem Zustand bezaubernder Ehrfurcht, und so blieb sie wie eine Statue stehen. Bhaskar schüttelte ihre Hand, um sie zur Normalität zurückzubringen, und deutete darauf, sie zu bitten, den Ort zu verlassen. Bhaskar hielt ihre Hand, und dann drehten sie sich um und bewegten sich zum Ausgang.

In der Zwischenzeit eilte der Hausmeister zu ihnen, übergab Herrn Dixit einen Umschlag und sagte: „Sir, Ihr Betrag von fünftausend Rupien. Der Freiwillige gab es zurück. Bitte behalte es." Herr Dixit erhielt den Umschlag und zog mit seiner Familie zum Ausgang.

Die Aufklärung

Bhaskar war im Zimmer seines Großvaters. Diesmal hatte er den Schlüssel zu dem winzigen Messingschloss. Er öffnete die Almirah, die drei Regale hatte. Das oberste Regal enthielt nur eine kleine verchromte Flasche mit einem Fassungsvermögen von etwa einem halben Liter, die hell leuchtete. Er versuchte, es anzuheben, aber es schien ihm im Gegensatz zu seiner Einschätzung sehr schwer zu sein. Er war ein wenig überrascht. Dann hob er es vorsichtig mit beiden Händen an und ahnte, dass es etwa sieben bis acht Kilogramm wog. Die Flasche war mit einem handschriftlichen Etikett versehen.

Er blies den Staub weg und las das Etikett: "Reines Quecksilber, Nettogewicht sieben Ser." Jetzt verstand er das Geheimnis seines außergewöhnlichen Gewichts. Das war eine halbe Liter Glasflasche, die etwa sechseinhalb Kilogramm Quecksilber enthielt. Er erinnerte sich an seine Schulzeit, als er erfuhr, dass die Dichte von Quecksilber mehr als dreizehnmal so hoch ist wie die von normalem Wasser. Er wusste auch, dass Ser eine früher in Indien verwendete Gewichtseinheit war, die etwa 933 Gramm entspricht.

Er stellte die Flasche wieder auf das Regal und konzentrierte sich auf das mittlere Regal mit einer Ledertasche, während das untere Regal leer war. Er hob die Tasche an und stellte fest, dass sie drei separate Taschen enthielt. Er öffnete die erste Tasche und fand ein Päckchen mit einem Gewicht von fast hundert Gramm. Das Päckchen war mit Leder umwickelt und mit einer Lederschnur gebunden. Er legte das Paket auf die Bank. Er öffnete die andere Tasche und fand eine andere Packung, die der ersten Packung genau ähnelte, aber etwas schwerer war. Dann öffnete er die dritte Tasche, die ein gerolltes Stück rotes Tuch enthielt, das mit einer Lederschnur gebunden war.

Bhaskar konnte nichts verstehen, aber die Verpackung zeigte, dass dies einige sehr wichtige Dinge waren. Bhaskar öffnete zuerst die Tuchrolle. Die Rolle enthielt ein weiteres weißes Tuch. Bhaskar öffnete das Tuch, das im Grunde ein Dokument war, das eine Umrechnungstabelle der traditionellen indischen Einheiten in SI-Einheiten enthielt. Es war jedoch nicht erschöpfend; es enthielt nur die Umrechnung von Ser-, Tola-, Masha- und Ratti-Einheiten in Gramm und Kilogramm. Bhaskar konnte nicht verstehen, warum so triviale Informationen so sicher aufbewahrt wurden.

Dann öffnete er die erste Packung, löste die Schnur und öffnete das Lederblatt. Er fand darin eine Ledertasche. Der Beutel war ordentlich genäht und mit einem Papierzettel mit der Aufschrift "Weißes Pulver Nettogewicht 6,5 Tola (78 Masha) 1 Ratti pro Tola" gekennzeichnet.[3] Er drückte und tätschelte sanft den Beutel und kleine Spuren eines weißen Pulvers fielen davon.

Er wusste nicht, was er davon halten sollte, also packte er ein weiteres Paket aus. Auch die andere Packung enthielt eine ähnliche Ledertasche mit der Aufschrift "Gelbes Pulver Nettogewicht 7,5 Tola (90 Masha) $1_{1/4}$ Ratti pro Tola". Er verstand leicht, dass die Etiketten das Gewicht des entsprechenden Pulvers in der Packung anzeigten, aber die in "Ratti per Tola" angegebenen Maße lagen außerhalb seines Verständnisses. Er dachte, dass dies Proportionen sein müssten, um eine Verbindung oder Mischung zuzubereiten,

---

[3] ***Ratti/Masha/Tola:*** *traditionelle indische Masseinheiten, insbesondere zum Wiegen von Edelmetallen und pulverförmigen Medikamenten. 1 Ratti entspricht 0,1134 Gramm, 1 Masha entspricht 8 Ratti und 1 Tola entspricht 12 Masha.*

aber ansonsten war er ahnungslos. Nach einer Weile, in der er den Inhalt beobachtete, verpackte er alles auf die gleiche Weise, wie es zuvor verpackt war, und schloss die Almirah ab.

Er setzte sich auf die Holzbank und versuchte, eine Bedeutung oder einen Zweck der Objekte zusammenzustellen, um einen Hinweis zu erhalten. Er brütete und spekulierte mehr als eine Stunde lang, aber nichts klickte. Bhaskar war extrem enttäuscht und niedergeschlagen, als er sich an Cave Babas Behauptung erinnerte: *"Dein Dada Ji hatte eine Nachricht für dich hinterlassen."* Also fing er an, über die Nachricht nachzudenken, und plötzlich erinnerte er sich an einen Postzettel, den er im Raum gefunden hatte. Er erinnerte sich, dass der Beleg in einem Bündel auf dem Dachboden lag.

Sobald er sich daran erinnerte, bewegte er sich blitzschnell, holte einen Hocker aus einem anderen Raum und holte das Bündel vom Dachboden herunter. Er öffnete das Bündel und nahm den Zettel aus dem Sack. Er beobachtete den Ausrutscher minutiös. Es war klar, dass es sich bei dem Beleg um eine Bestätigung eines Einschreibens oder Pakets handelte, aber das Datum war nicht nachvollziehbar. Vielleicht wurde der Stempel in Eile angebracht und hinterließ nur einen Teilabdruck, und die Tinte war im Laufe der Zeit auch stark verblasst.

Nach den ununterbrochenen Bemühungen von einer halben Stunde rief Bhaskar: "Ja!" Es gelang ihm, den Namen der Postfiliale als "Head Post Office Panna" zu verfolgen. Er rannte aus dem Raum und schrie: „Papa! Papa!"

Herr Dixit saß auf einem Stuhl im Hof. Er hörte Bhaskar ihn rufen, also antwortete er: "Ich bin hier."

Bhaskar griff dorthin und sagte: „Papa, ich fand einen Bestätigungszettel mit dem Stempel der Hauptpost Panna, eine Flasche Quecksilber und zwei Pulver. War er jemals in Panna? Hatte er einen engen Freund in Panna?"

Herr Dixit antwortete: „Ich habe keine Ahnung. Sie fragen sich vielleicht, dass ich keine Informationen über meinen Vater habe. Sie sind sich bereits bewusst, dass es Reibungen in unserer Beziehung gab. Meiner Meinung nach tat dein Dada Ji etwas, das nur von opulenten Familien erwartet wurde. Wenn man reichlich Reichtum und Ressourcen für sich selbst und die Familie hat, dann kann man ein Abenteuer auf der Suche nach Wissen fortsetzen, ohne den Wunsch nach finanziellen Erträgen zu haben. Ich war nicht glücklich mit ihm, und meine Brüder auch nicht. Ich hatte das Gefühl, dass er seiner Familie Unrecht tat, indem er sein Wissen und seine Fähigkeiten nicht kommerziell einsetzte. Wenn er gewollt hätte, hätte er uns die fortschrittlichsten Annehmlichkeiten und Einrichtungen zur Verfügung stellen können. Entweder hatte er nicht die Fähigkeit, sein Talent kommerziell einzusetzen, oder er kümmerte sich nicht um uns. Deshalb habe ich auf ihn und seine geistigen Angelegenheiten verzichtet. Wir wohnten im selben Haus, aber ich war völlig unbesorgt über seine Aktivitäten. Was hat er gemacht? Wem unterrichtete er? Wo ist er hin? Wer kam, um ihn zu treffen? Ich habe nie versucht, etwas herauszufinden. Die einzige Sorge, die ich über ihn hatte, war, ob er alle Mahlzeiten pünktlich erhielt. Und später hat mich die Ankunft deiner Mutter in der Familie auch von dieser Sorge befreit. Aber keine Sorge, ich habe eine Ressource, um die Informationen zu erhalten."

Herr Dixit sagte ihm auch, dass Quecksilber, eine wichtige Zutat in ayurvedischen Arzneimitteln, die häufigste Substanz ist, die von ayurvedischen Praktikern aufbewahrt wird, also gab es nichts Bedeutendes daran und die Pulver müssen etwas Medizin sein.

Dann erzählte ihm Herr Dixit von einem Priester eines Tempels am Rande des Dorfes. Er sagte: „Der Priester war einst ein Helfer deines Großvaters. Er half ihm nicht nur bei seinen täglichen Aufgaben, sondern lernte auch ein wenig Astrologie und das Singen einiger grundlegender Sanskrit-Shlokas, die für routinemäßige Anbetungsmethoden und Rituale verwendet wurden. Er kann sich als nützlich erweisen, da er viele Jahre in engem Kontakt mit Ihrem Dada Ji blieb. Er kann lebenswichtige Informationen besitzen."

Bhaskar fragte seinen Vater: "Ist er vertrauenswürdig genug, können wir ihm also den eigentlichen Zweck der Informationssuche mitteilen?"

Herr Dixit antwortete: „Es geht nicht darum,

vertrauenswürdig zu sein. Die Gegend, in der wir leben, ist sehr rückständig. Wenn die Angelegenheit herauskommt, werden die Leute anfangen zu klatschen. Es besteht keine Notwendigkeit, Ihren spezifischen Zweck zu offenbaren. Begib dich einfach nach und nach auf die Strecke, ohne dein wahres Motiv preiszugeben. Lassen Sie ihn erkennen, dass alles, was er erzählt, interessant ist. Dann wird er dir alles erzählen, woran er sich erinnert. Danach wird es Ihre Aufgabe sein, alle Informationen zu durchsuchen, um nützliche Fakten zu finden."

Er fuhr fort: „Heute, als ich von meinem Abendspaziergang nach Hause komme, werde ich den Tempel besuchen und ihn einladen, morgen mit mir eine Tasse Tee zu trinken. Er wird sicher kommen. Sobald er hier angekommen ist und sich eingelebt hat, können Sie sich der Diskussion anschließen. Sie sollten sich daran erinnern, dass Untersuchung und Diskussion zwei verschiedene Disziplinen sind. Der Zweck und die Funktionsweise beider sind völlig unterschiedlich. Es hängt von Ihrer Klugheit ab, dass die Person, die vor Ihnen sitzt, möglicherweise nicht erkennt, dass sie befragt wird. Lass ihn weiter reden und du machst weiter Nachforschungen. Lass ihn das Gefühl haben, dass er nur das gesprochen hat, was er selbst mitteilen wollte, und du erledigst die Arbeit."

Die Sonde

Bhaskar ging aus dem Raum und hörte das Geräusch von Gesprächen aus dem Salon. Er ging zum Salon und sah, dass eine Person, die wie ein Heiliger gekleidet war, bei seinem Vater saß. Der Mann trug ein Tilak mit zwei vertikalen Linien, ähnlich der "U" -Marke, hergestellt aus gelber Sandelholzpaste. Es gab auch eine rote vertikale Linie in der Mitte der Markierung. Sein Hals und seine Arme trugen auch gelbe Flecken aus Sandelholzpaste.

Bhaskar begrüßte ihn, indem er beide Hände faltete und den Kopf neigte. Als Antwort auf die Grüße segnete er den Jungen, indem er seine Hände hob.

Er sah Bhaskars Vater an und sagte: „Das ist dein Sohn, nicht wahr? Ich habe ihn als Kind gesehen, aber viel über seine außergewöhnliche Intelligenz gehört. Das ist das Gesetz der Natur. Das erstaunliche Talent von Acharya Ji musste an seine Nachkommen weitergegeben werden."

Dann sah er Bhaskar an und sagte: „Sohn, erinnerst du dich an etwas über deinen Großvater oder nicht? Soweit ich mich erinnern kann, warst du zum Zeitpunkt der Abreise von Acharya Ji etwa sechs oder sieben Jahre alt."

Bhaskar sagte: „Ich war acht. Ich erinnere mich an ein paar Dinge. Er schrieb jeden Tag einen neuen Shloka in mein Notizbuch und ich lernte ihn am selben Tag. Ich habe nur ein paar feste Rahmen von ihm in meiner Erinnerung: Him, ein Buch in seiner Liege lesen, etwas auf seinen Schreibtisch schreiben, im Winter an der Dachbodenwand auf der Terrasse sitzen und etwas mit Mörser und Stößel schleifen, auf seiner Teakholzbank hocken."

Der Priester sagte mit großer Begeisterung: "Du erinnerst dich nicht an mich, aber ich kann mich deutlich an deine Kindheitstage mit deinem Großvater erinnern."

Bhaskar fragte: „Was hat Dada Ji über mich gedacht?"

Der Priester antwortete mit großer Verbundenheit: „Du warst sein Augapfel. Er hielt dich für den Einzigen—" Der Priester hielt abrupt inne und begann plötzlich zu husten.

Bhaskar stand auf und reichte dem Priester ein Glas Wasser. Der Priester sah ihn und Herrn Dixit an. Dann trank er das Wasser und stellte das Glas wieder auf den Tisch. In der Zwischenzeit hatte Bhaskar das Gefühl, dass sein Vater dem Priester die Stirn runzelte und mit den Zähnen knirschte. Er lehnte den Gedanken jedoch ab, indem er ihn nur als trügerische Vision ansah, weil sein Vater glücklich zu sein schien und lächelte.

Bhaskar fragte ihn: "Warst du ein Schüler von Dada Ji?"

Der Priester antwortete: "Ich habe das Privileg bekommen, ihm zu dienen, und während dieser Zeit habe ich viele Dinge von ihm gelernt."

Der Priester schien emotional zu werden. Er sagte weiter: „Ich kam aus einem nahe gelegenen Dorf. Ich war sieben Jahre alt, als meine Eltern starben. Die finanzielle Situation der Familie war sehr schlecht. Ein Ladenbesitzer aus dem Dorf hatte Mitleid mit mir und gab mir einen Job in seinem Laden. Ich arbeitete von früh morgens bis spät abends in seinem Geschäft und bekam im Gegenzug zwei Mahlzeiten am Tag und alte Kleidung zum Anziehen. Ich habe dort etwa zehn Jahre gearbeitet. Einmal kam Acharya Ji zur Behandlung des Sohnes des Ladenbesitzers und blieb dort für einen Tag. Der Ladenbesitzer stellte mich während seines Aufenthalts in seinen Dienst. Ich war mir bereits des Namens und des Ruhms von Acharya Ji bewusst. Ich sagte ihm, dass ich von Geburt an Brahmane bin. Ich habe keine formale Ausbildung erhalten, kann aber lesen und schreiben. Ich möchte nur grundlegende religiöse Arbeit und Anbetungsrituale lernen, damit ich meinen Lebensunterhalt verdienen kann, indem ich entsprechend meinem sozialen Status arbeite. Acharya Ji versicherte mir, dass er mir Bildung, kostenloses Essen und Unterkunft geben würde. Ich hatte Gott in Form von Acharya Ji gefunden. Nach fünfzehn Tagen verließ ich den Job und ging in sein Tierheim. Ich blieb etwa sechs Jahre bei ihm und half ihm bei seinen täglichen Aufgaben. Früher habe ich sein Zimmer geputzt, mich um sein Pferd gekümmert, indem ich es morgens auf der Wiese in der Nähe des Teiches liegen ließ und abends in den Stall brachte. Ich massierte Acharya Jis Füße nachts kurz vor dem Schlafengehen. In der restlichen Freizeit hat er es mir beigebracht."

Bhaskar fragte: "Also bist du sechs Jahre in seiner Firma geblieben?"

Der Priester sagte: „Ja, ich blieb in seinem Dienst. Er war eine so angenehme und gnädige Persönlichkeit, dass es eine göttliche Erfahrung war, in seiner Gesellschaft zu bleiben. Er lebte mit einer solchen Einfachheit, dass niemand seine außergewöhnlichen Qualitäten an seinem Aussehen erahnen konnte. Er konnte Dinge voraussehen. Lassen Sie mich Ihnen einen Vorfall erzählen. Er hörte abends die Nachrichten im Radio und viele andere versammelten sich auch jeden Tag um diese Zeit auf einer Plattform, die vor Ihrem Haus gebaut wurde. Einmal wurde gesagt, dass der damalige Premierminister Shri Lal Bahadur Shastri zugestimmt habe, Taschkent für bilaterale Gespräche mit Pakistan zu besuchen. Acharya Ji wirkte traurig über die Nachricht. Als er nach seiner Melancholie gefragt wurde, erzählte er uns, dass sich der Besuch in Taschkent für den Premierminister als fatal erweisen könnte. Nach zwei Tagen erhielten wir die Nachricht vom Tod des Premierministers in Taschkent. Acharya Ji hatte eine übernatürliche Fähigkeit, die

Vergangenheit zu lesen, die Gegenwart zu verstehen und die Zukunft zu spüren. Trotz all dieser Qualitäten war er ein bodenständiger Mensch. Er half mir, zum Priester des Tempels ernannt zu werden. Dann verlegte ich mich von diesem Haus in einen Raum auf dem Tempelgelände. Danach habe ich ihn selten getroffen."

Bhaskar sagte: "Gab es auch andere Schüler, die von Dada Ji unterrichtet wurden?"

Der Priester sagte: „Viele; Acharya Ji nahm nie mehr als drei Schüler gleichzeitig auf. Als ich bei ihm war, gab es ungefähr ein Jahr lang zwei Studenten, dann schloss sich ein anderer an und dann ging einer. Ähnliche Dinge passierten immer. Die Jünger von Acharya Ji stammten aus fernen Gegenden. Ich erinnere mich an ein paar Namen von Orten wie Puri, Odisha, Vidarbha, Uttarkashi, Jammu, Bengalen usw."

Bhaskar sagte: "So pflegte Dada Ji die Schüler nur von entfernten Orten zu unterrichten und nicht aus unserer Gegend und unserem Staat."

Der Priester antwortete: „Nein, so war es nicht. Ich stammte aus einem nahe gelegenen Dorf. Er unterrichtete einen Schüler aus Tikamgarh und später auch seinen Sohn. Und ja, einer seiner Lieblingsschüler war aus Panna."

Bhaskar wollte vor Freude schreien und springen, als er endlich seinen Mittelpunkt erreichte. Also setzte er die Diskussion geschickt fort, um die gewünschten Informationen zu extrahieren. Der Priester erzählte ihm von einem Vishnu Kant Shastri, der der Lieblingsschüler seines Großvaters war.

Der Priester sagte: „Shastri Ji blieb vor der Zeit meines Dienstes hier, aber er kam mindestens einmal im Jahr zu Acharya Ji. Er war ein brillanter Schüler. Ich traf ihn zweimal. Er war ein sehr bescheidener Mensch. Er lud mich ein, auch die Tempel von Panna zu besuchen, und gab seine Adresse."

Bhaskar sagte: „Ich habe den Wunsch, die Tempel von Panna zu besuchen. Können Sie mir seine Adresse mitteilen? Es wird sehr nützlich sein, eine lokale Referenz zu haben."

Der Priester antwortete glücklich: "Auf jeden Fall, ja."

Bhaskar gab ihm einen Notizblock und einen Stift. Der Priester schrieb die Adresse und ging dann weg.

Erkundung Der Verlorenen Enden

Bhaskar reached die Stadt berühmt für ihre Tempel und dafür, dass sie der einzige Bezirk des Landes ist, der mit Diamantenfeldern gesegnet ist. Er erreichte das Gebiet, wie vom Priester gesagt. Er erfuhr, dass es sich bei der Gegend um einen dichten Ort handelte, der sich über vier Quadratkilometer erstreckte und fast tausend Familien beherbergte. Er erreichte einen Pfannenladen auf dem Platz. Der kleine Laden wurde als Pfannenladen bezeichnet, aber es gab viele Pralinen und Süßigkeitenschachteln auf der Theke. An beiden Seiten der Öffnung wurden Schnüre von Waffeln und Kartoffelchips-Paketen verschiedener Marken aufgehängt. Der Ladenbesitzer war ein Mensch mittleren Alters.

Bhaskar sagte zu ihm: „Hallo Onkel, ich bin nach langer Zeit hierher gekommen. Früher kam ich mit meinem Vater, als ich ein Kind war, vor etwa zwölf Jahren. Eine Person namens Shastri Ji lebte hier in dieser Gegend. Er war ein großer Gelehrter des Sanskrit und ein ausgezeichneter Astrologe. Ich erinnere mich nicht an die genaue Lage seines Hauses. Kannst du mir helfen, sein Haus zu finden?"

Der Ladenbesitzer machte eine Geste, um ihn am Sprechen zu hindern, und sagte dann: „Ja, ja, ich habe es verstanden. Ich werde dich zu seinem Haus führen, aber wenn du hierher gekommen bist, um Shastri Ji zu treffen, dann wird es keinen Zweck haben, dorthin zu gehen. Shastri Ji war ein großartiger Gelehrter und genoss einen hervorragenden Ruf. Neben der breiten Öffentlichkeit waren viele politische Führer und hochrangige Beamte seine Anhänger. Er differenzierte jedoch nie zwischen Menschen aufgrund des sozialen Status. Er behandelte die Elite und die einfachen Leute auf ähnliche Weise. Vor etwa drei Jahren hörte er plötzlich auf, Menschen zu treffen. Es wurde angenommen, dass dies auf ein gesundheitliches Problem zurückzuführen sein könnte. Aber so etwas gab es nicht. Auch im Alter von siebzig Jahren war er körperlich fit und blieb voll aktiv. Zur Überraschung aller verließ er eines Tages sein Haus. Alle seine Familienmitglieder, seine Anhänger und die Menschen vor Ort versuchten, ihn aufzuhalten. Sie stritten, forderten und überzeugten weiter, aber er hörte nicht auf. Es lagen viele Vorstellungen in der Luft. Nur wenige Leute dachten, dass seine Familienmitglieder damit begonnen hätten, Geld zu verdienen, indem sie seinen Namen missbrauchten, und deshalb ging er an einen unbekannten Ort, und nur wenige sagten, dass sein Verzicht vorherbestimmt war und viele mehr. Er ging und kam dann nie wieder. Jetzt sind nur noch seine Erinnerungen übrig. Einige Leute sagen, dass er in den Himalaya gegangen ist. Einige Leute sagen, dass er ein- oder zweimal im dichten Wald in der Nähe von Ajaygarh gesehen wurde. Gott allein weiß, wo er jetzt ist."

Bhaskar fühlte, wie sein Herz sank, als wäre alles vorbei. Die spekulative Spur, der er folgte, um seinen Traum zu entschlüsseln, endete in einer Sackgasse. Er hielt es für nutzlos, weiterzumachen. Aber er beschloss, Shastri Jis Haus zu besuchen, und zog an sein Ziel, nachdem er vom Ladenbesitzer Informationen über die genaue Lage des Hauses erhalten hatte.

Bhaskar erreichte ein großes Haus, das prominent als „Shastri-Haus" gekennzeichnet war. Er parkte sein Motorrad und klingelte an der Tür. Einen Augenblick später erschien ein Mann im Alter von etwa sechzig Jahren an der Tür. Bhaskar begrüßte ihn, aber ohne zu antworten, fragte er grob: "Was ist los?"

Bhaskar sagte: "Onkel, mein Name ist Bhaskar, und ich bin hierher gekommen, um Vishnu Shastri Ji zu treffen."

Der Mann sah irritiert aus und antwortete ein wenig unhöflich: „Wer auch immer du bist, Shastri Ji ist weg. Frag nicht, wo, denn selbst wir wissen es nicht." Der Mann drehte sich um, ohne sich um Bhaskars Reaktion zu kümmern.

Bhaskar fragte sich, ob er diese unerwartete Situation mit seinem Talent, Geschichten zu schaffen, lösen konnte. Er bewertete die Situation und plante, eine fiktive Umgebung entsprechend zu schaffen. Er sprach ein wenig laut. "Onkel, ich muss den gesetzlichen Erben von Herrn Vishnu Shastri treffen. Bitte schicke entweder seine Frau oder seinen Sohn oder seine Tochter."

Der Mann erschien sofort wieder und sagte mit einem krummen Lächeln: "Bitte sag mir, ich bin sein Sohn." Er bat Bhaskar, hereinzukommen, bot ihm an, sich auf einen der Stühle auf der Veranda zu setzen, entschuldigte sich absurd und sagte: „Viele Leute besuchten mich täglich ohne Zweck, also wurde ich ein wenig irritiert. Bitte vergiss es."

Bhaskar kam sofort auf den Punkt und sagte: "Onkel, mein Name ist Bhaskar Dixit und ich komme aus Deri, einem Dorf im Bezirk Tikamgarh."

Der Mann sagte: "Bist du aus der Familie von Acharya Ji?"

Bhaskar antwortete: „Ja, Acharya Ji war mein Großvater. Vor ein paar Tagen kam ein Bankbeamter auf meinen Vater zu und sagte ihm, dass sie ein Konto gefunden hätten, das mein Großvater und Shastri Ji gemeinsam hielten. Diese beiden alten Männer eröffneten eine Termineinlage für einen Betrag von eintausend Rupien und vergaßen es dann. Die Kaution wurde für rund vierzig Jahre erneuert und jetzt ist der Betrag hundertmal gewachsen. Mein Vater hat die Sterbeurkunde meines Großvaters bei der Bank eingereicht, aber die Bankbeamten sagen, dass sie nur an Shastri Ji gezahlt werden kann, da er noch lebt. Also, ich brauche die Unterschrift von Shastri Ji auf den Anspruchsdokumenten. Sobald die Forderung bezahlt ist, werden wir den Betrag zu gleichen Teilen zwischen uns verteilen. Mein Vater wollte hierher kommen, aber wegen einiger gesundheitlicher Probleme konnte er nicht kommen und so schickte er mich."

Der Mann lächelte absurd: "Kein Problem, gib mir die Papiere, ich gebe dir seine Unterschrift."

Bhaskar war ein wenig nervös wegen seiner Nachfrage nach Dokumenten, aber er zeigte volles Vertrauen und sagte: „Sicher, bitte ruf Shastri Ji an. Eigentlich ist mein Treffen mit ihm wichtiger als seine Unterschrift."

Der Mann wurde etwas genervt und sagte: „Junge, du scheinst gut ausgebildet zu sein, aber du hast bis jetzt noch keine weltliche Weisheit erlangt. Ich betreibe das Konto meines Vaters auch in seiner Abwesenheit seit drei Jahren. Ich arbeite seit dreißig Jahren als Sachbearbeiterin im örtlichen Gemeindeamt und habe nur noch fünf Jahre für meine Altersvorsorge übrig. Ich habe Erfahrung in solchen Angelegenheiten. Du kannst dir nicht vorstellen, welche Art von Leistungen ich vollbracht habe. Dies ist nur eine kleine Bankangelegenheit; Ich habe die Toten dazu gebracht, eine Verkaufsurkunde des Eigentums zu machen. Keine Sorge, gib mir die Dokumente."

Bhaskar fühlte sich in einer engen Ecke festgefahren. Plötzlich lächelte er und sagte: „Onkel, diese Bankbeamten sind schlau genug, all diese Dinge zu riechen. Sie verlangen, dass die Person in einer nahe gelegenen Filiale der Bank auftaucht, und erst danach wird die Forderung bearbeitet."

Der Mann sah niedergeschlagen aus, und nachdem er ein paar Mal den Kopf geschüttelt hatte, sagte er: „Diese Leute der alten Generation sind nicht praktisch, sie ziehen Moral und Ethik sogar ihrem Leben vor. Sie haben viele Probleme mit den aktuellen gesellschaftlichen Werten und können daher unser Glück nicht tolerieren. Wenn es eine Gelegenheit gibt, etwas Geld zu verdienen, was ist dann falsch daran, es in Anspruch zu nehmen? Mein Vater wurde extrem wütend, als er erfuhr, dass mein jüngerer Bruder etwas Geld von einigen seiner Anhänger angenommen hatte. Also hörte er zuerst auf, sich mit Besuchern zu treffen, und beschloss eines Tages, das Familienleben aufzugeben."

Bhaskar drückte sein Mitgefühl aus und sagte: „Ich kann deine Enttäuschung verstehen. Haben Sie keine Informationen über seinen aktuellen Standort?"

Der Mann sagte: "Er gab mir vertraulich die Adresse, indem er sagte, dass er nur im Falle des Todes seiner Frau— meiner Mutter — kontaktiert werden sollte, weil er seiner Frau einige Rituale schuldet, die abgeschlossen werden müssen. Er gab mir auch eine strenge Warnung, seine Adresse geheim zu halten. Das ist jedoch kein Problem, da ein Betrag von fünfzigtausend Rupien es wert ist, das Risiko einzugehen, von ihm getadelt zu werden. Du kannst seine Rücksichtslosigkeit verstehen. Ich werde dir seine Adresse sagen, aber wie kann ich deiner Zusage vertrauen, den Betrag mit mir zu teilen?"

Bhaskar antwortete: „Sir, es ist eine Frage meines Vertrauens in Sie, denn die Zahlung erfolgt über einen Scheck des Zahlungsempfängers im Namen von Shastri Ji. Also musst du dich um mich kümmern."

Der Mann erzählte Bhaskar von dem Ort.

Bhaskar sagte: "Onkel, sei versichert, komme, was wolle, ich schulde dir fünfzigtausend Rupien."

Mit Blick auf die Ferals

Bhaskars Bike bewegte sich langsam auf einem schmalen Weg mit langem Gras auf beiden Seiten. Sobald er auf dem mäandernden Weg eine scharfe Kurve nahm, sah er einen riesigen Baum auf der anderen Seite des Weges liegen. Es war ein Peepal-Baum, der etwa dreißig Meter hoch gewesen sein muss, und sein Stamm hatte einen Durchmesser von etwa drei Metern.

Dort stoppte er sein Fahrrad und inspizierte den Baum. Er erkannte, dass sein Luxus, eine Radtour zu machen, vorbei war und ein eventuelles Wanderabenteuer beginnen würde, da es keine andere Möglichkeit gab, weiter zu gehen. Er parkte das Fahrrad auf dem Hauptständer und verriegelte den Griff.

Als er auf das Fahrrad schaute, erinnerte er sich daran, dass sein Vater sich immer sehr darum gekümmert hatte. Das Rad war etwa sechs Jahre alt, wirkte aber makellos, da es keinen einzigen Kratzer hatte. Einmal hatte Bhaskars Onkel sein Fahrrad genommen und kehrte mit einer kaputten Blinkleuchte zurück. Dann schimpfte Vater ihn schlecht wegen seiner Unachtsamkeit und ließ das Fahrrad sofort reparieren. Bhaskar fand es nicht angemessen, das Fahrrad seines Vaters an einem solchen Ort stehen zu lassen und weiterzumachen, aber er hatte keine andere Wahl. Er entriegelte den Griff des Bikes und schob ihn kurz vom Trail weg, legte ihn mitten ins Gras und verriegelte dann den Griff.

Er ging zurück auf den Trail und schaute in Richtung des Bikes. Es war von dort aus nicht sichtbar, so dass er, nachdem er sich überzeugt gewendet hatte, auf den Stamm des Baumes kletterte, der auf dem Weg lag, und auf die andere Seite sprang. Er ging schnell. Nach einer halben

Stunde zu Fuß erreichte er einen offenen felsigen Boden mitten im Wald ohne Bäume. Die Gesamtfläche des Bodens betrug nicht mehr als einen Hektar. Zwischen den Felsen wuchsen nur winzige Ungräser.

Er fühlte sich ein wenig erleichtert. Er griff in die Mitte des Bodens und beschloss, sich auszuruhen. Er saß auf einem leicht über den Boden gehobenen Stein. Erst dann hörte er ein Rascheln, gefolgt von einem lauten Keuchen und einem erstickten Schrei. Panisch stand er schnell auf und sah sich während einer vollständigen Rotation um, bemerkte aber keine Bewegung. Verschiedene Gedanken begannen in seinem Kopf zu klicken. Er erinnerte sich jetzt, dass er im Panna-Nationalpark war, der ein Tigerreservat war.

Plötzlich sah er einen Leoparden auf einen Baum klettern, der am anderen Ende des offenen Bereichs ein Kaninchen in seinem Maul hielt. Bhaskar stand wie eine Statue; selbst seine Augenlider blinzelten nicht. Er beschloss zu rennen, aber realisierte, dass er, egal wie schnell er rannte, nicht schneller als ein Leopard rennen konnte. Er hielt seine Augen auf denselben Baum gerichtet, auf dem er den Leoparden hatte klettern sehen. Jetzt konnte er weder den Leoparden noch seine Aktivitäten sehen.

Er versuchte, sich an all die Dinge zu erinnern, die er über Leoparden gelesen hatte. Er wusste, dass ein Leopard mit einer Geschwindigkeit von etwa fünfundfünfzig Kilometern pro Stunde laufen konnte, aber bei dieser Geschwindigkeit kann er nicht mehr als zweihundert Meter zurücklegen. Seine mathematische Begabung machte sich an die Arbeit, und er berechnete, dass der Leopard etwa hundert Meter entfernt war. Wenn der Leopard ihn angriff, musste er mehr als hundert Meter in die entgegengesetzte Richtung laufen. Dann erkannte er, dass der Leopard gerade gejagt hatte, so dass es etwa drei bis vier Stunden dauern würde, bis er sein Energieniveau wiedererlangt hatte.

Diese Erkenntnis brachte ihm etwas Erleichterung. Er sammelte vollen Mut und ging in die entgegengesetzte Richtung des Ortes, an dem er den Leoparden entdeckt hatte. In seinem Herzen betete er nur zu Gott: "Möge ich in die richtige Richtung gehen." Er ging weiter zwischen den Bäumen. Jetzt hatte er keine Ahnung von der Richtung oder seinem Standort. Er ging nur in einem schnellen Tempo.

Plötzlich erinnerte er sich an das, was seine Mutter oft als Schlagwort seines Großvaters zitierte. *"Wenn die Dinge außerhalb deiner Kontrolle zu sein scheinen, überlasse alles Gott, ohne Zweifel und ohne über die Konsequenzen nachzudenken."*

Bhaskar folgte dem Diktum und er hatte es zum ersten Mal in seinem Leben befolgt. Seine Mutter hatte ihm auch die Interpretation seines Großvaters erzählt: „*Unter normalen Umständen sind wir dazu nicht in der Lage, weil wir das Ergebnis einer Situation nach unseren Erwartungen erhalten wollen und nicht bereit sind, die Möglichkeit eines Ergebnisses entgegen unseren Wünschen zu akzeptieren. Obwohl wir alles wissen, haben wir Angst, dass Gottes Entscheidung unseren Erwartungen widerspricht. Deshalb berechnen wir immer wieder Gewinne und Verluste und denken darüber nach, warum wir Gott in triviale Angelegenheiten hineinziehen? Ich werde mich selbst darum kümmern."*

Jetzt dachte Bhaskar weder nach noch plante er etwas, er ging nur. Er hatte alles Gott überlassen. Dann sah er eine Spur vor sich; er gewann etwas Hoffnung zurück und begann zu rennen. Sehr bald hielt er an, weil ein großer Baum auf der anderen Seite der Strecke lag. Vielleicht war es derselbe Baum, in dem er sein Fahrrad gelassen hatte. Sein Herz sank sofort. Er sprang über den Baum und machte sich auf die Suche nach seinem Fahrrad. Er fand sein Fahrrad in dem Status quo, den er hinterließ. Er fühlte sich extrem enttäuscht.

Er hob seine Augen zum Himmel. Er konnte den Himmel aufgrund der dichten Bäume nur in Form von zufälligen blauen Flecken sehen. Er flüsterte: „Gott, ich habe dich gebeten, mir den richtigen Weg zu zeigen, und du hast mich zum Ausgangspunkt zurückgeschickt. Ich mochte diesen Witz nicht."

Er richtete sein Bike auf, steckte den Schlüssel in die Zündung und nahm die Fahrposition ein. Er trug seinen Helm, und sobald er den Kickhebel zum Starten des Motors streckte, hörte er ein knurrendes Geräusch. Er drehte sich nach links und der Anblick ließ ihn zittern und brachte ein Herzbeben. Ein riesiger weißer Tiger stand mitten auf dem Weg. Seine schwärmerischen Augen leuchteten wie Kohlen, der leicht geöffnete Mund zeigte rasiermesserscharfe Schneidezähne. Es machte ein leises Knurren. Bhaskar fühlte sich gelähmt. Er war völlig gedankenlos und konnte nicht einmal seine Finger bewegen. Plötzlich ertönte ein ohrenbetäubendes Geräusch.

Der Erlöser

Bhaskar öffnete die Augen und sah ein strohgedecktes Dach. Er stand nervös auf und setzte sich dann hin. Er sah sich um und stellte fest, dass er sich in einer Hütte aus Bambus und Gras befand. Eine irdene Lampe und ein Kanister wurden in einer Ecke des Raumes aufbewahrt und eine kleine Matte wurde in der anderen Ecke aufbewahrt. In der dritten Ecke lag er selbst auf einer Matte und in der vierten Ecke befand sich eine Tür.

Er erinnerte sich an nichts darüber, wie er dorthin gekommen war. Woran er sich erinnerte, war ein riesiger weißer Tiger, der mitten auf dem Weg stand. Es bewegte sich allmählich auf ihn zu, und in der Zwischenzeit hörte er ein lautes Geräusch. Dann war völlige Dunkelheit vor seinen Augen und danach wachte er in dieser Hütte auf. Als er versuchte, die Uhrzeit zu überprüfen, stellte er fest, dass seine Armbanduhr fehlte. Er stand auf, zog langsam an der Tür und öffnete sie. Als er mit gesenktem Kopf herauskam, schien die Sonne. Er erkannte, dass die Hütte auf einem Hügel gebaut war. Er ging um die Hütte herum und sah sein Fahrrad unter dem Hügel stehen. Sein Helm lag in der Nähe. Als er dort ankam, sah er, dass seine Uhr und sein Schlüssel im Helm aufbewahrt wurden. Eine Seite des Bikes wies Dellen und Kratzer auf.

Dann hörte er eine Stimme von hinten. "Du bist also zur Vernunft gekommen." Bhaskar drehte sich um und sah einen Mann wie einen Weisen dort stehen. Sein Haar, Bart und Schnurrbart waren vollständig weiß, und er trug ein Tilak mit zwei vertikalen Linien, ähnlich der "U"-Marke, aus gelber Sandelholzpaste und einer roten vertikalen Linie in der Mitte der Markierung, die mit roter Farbe gemacht wurde. Er hatte nur ein weißes Handtuch um seine Taille gewickelt und trug Holzschuhe. Abgesehen davon gab es kein anderes Accessoire an seinem Körper.

Bhaskar faltete seine Hände und sagte: "Sir, wer sind Sie und wo bin ich?"

Der Weise lächelte und sagte: "Ich bin auch ein Mensch wie du, und du bist bei mir."

Bhaskar wurde durch seine Antwort ein wenig irritiert. Er sagte: "Sir, ich meinte, wie ist Ihr Name, wo wohnen Sie, was machen Sie hier und wie heißt dieser Ort?"

Der Weise lächelte wieder und sagte: „Ich konnte bis jetzt nicht verstehen, warum jeder eine tiefe Faszination für Namen hat. Kann sich die Natur einer Person oder das Klima eines Ortes mit dem Namen ändern? Wenn die Nomenklatur eines Hirsches und eines Löwen vertauscht wird, wird sich auch ihre Natur ändern? Wird der Hirsch zum Raubtier oder fängt der Löwe an, Gras zu fressen? Da dies nicht passieren kann, ist der Wert eines Namens Null."

Bhaskars Neugier bestand derzeit darin, die gewünschten Antworten auf seine Fragen zu erhalten. Bhaskar hielt seine Hände gefaltet und sagte: „Sir, ich möchte nur wissen, wie ich hierher gekommen bin. Wer bist du? Was machst du in der Wildnis?"

Der Weise lächelte wieder und sagte: „Sohn, ich tue in diesem Wald dasselbe, wozu du gekommen bist. Der einzige Unterschied ist, dass ich freiwillig hierher gekommen bin, und du wirst von den Umständen mitgebracht."

Der Weise zeigte mit dem Finger nach vorne und sagte: "Ich habe dich nur von diesem Klumpen hierher gebracht."

Bhaskar verstand, dass der Weise nicht in der Stimmung war, eine klare Antwort zu geben. Er kniete sich mit gefalteten

Händen auf die Knie und sagte: „Sir, mein Name ist Bhaskar Dixit, und ich wohne in einem Dorf im Bezirk Tikamgarh, etwa hundert Kilometer von hier entfernt. Ich kam hierher, um einen berühmten Gelehrten, Shastri Ji von Panna, zu treffen."

Der Weise kniff plötzlich die Augen zusammen und schloss sie dann. Nach einiger Zeit öffnete er die Augen und dann erschien ein großes Lächeln auf seinem Gesicht. Er sagte: „Bist du der Enkel von Acharya Ji? Es war schön, dich zu sehen. Sag mir, warum du mich treffen wolltest?"

Bhaskars Gesicht hatte gemischte Ausdrücke von Freude und Aufregung; er ging voran und berührte die Füße des Weisen. Bhaskar sagte: "Was für ein wunderbarer Zufall, obwohl ich dich nicht finden konnte, hast du mich gefunden."

Der Weise sagte: „Das ist alles unsere Illusion, wir denken, dass wir es getan haben, während wir nichts getan haben. Alles, was passiert, ist bereits fixiert und klar definiert. Wenn es passieren muss, wird es passieren. Der Mensch beginnt, sich selbst als den Schöpfer zu betrachten, und dann beginnen seine Handlungen gegen die Natur zu gehen. Übrigens, wenn ich dich heute sehe, ist mein Glaube an das Schicksal fester geworden. Sag mir, was du wissen willst."

Bhaskar sagte: "Sir, können Sie mir etwas über meinen Großvater erzählen?"

Der Weise sagte: „Du willst etwas über Acharya Ji wissen, das du nicht weißt. Die Aspekte, über die Sie keine Informationen von Ihrem Vater oder jemand anderem erhalten haben. Habe ich recht?"

Bhaskar sagte: "Ja, Sir."

Der Weise lächelte und fragte: "Nur eine Neugierde, etwas über deinen Großvater zu erfahren, hätte dich nicht dazu bringen können, mich in dieser Wildnis zu suchen. Kommst du auf den Punkt?"

Bhaskar erzählte die Traumsequenz im Detail und teilte die Schlussfolgerung, die von Cave Baba abgeleitet wurde. Bhaskar schwieg eine Weile und sagte dann: „Ich weiß, dass es kein gewöhnlicher Traum ist. Der Impuls des Traums ist so stark, dass er unvergesslich ist. Nach der Schlussfolgerung von Cave Baba suchte ich nach einem Hinweis, den mein Großvater hinterlassen hatte. Ich durchsuchte Dada Jis Zimmer und fand einen Postzettel, der von der Hauptpost Panna ausgestellt wurde. Das hat mir einen Weg geebnet, mich an dich zu wenden."

Der Weise sagte: „Sie müssen die Geschichten von Acharya Jis Gelehrsamkeit, seiner scharfen Intelligenz und seinem unbegrenzten Wissen gehört haben. Abgesehen davon gab es einen anderen Aspekt seiner Persönlichkeit, der überlegener war als all diese, der ihn der Göttlichkeit in dieser menschlichen Welt nahe brachte, und das war seine Zurückhaltung gegenüber materiellen Errungenschaften. Aber trotz all dieser Göttlichkeit war er auch ein Mensch. Auch er hatte den Wunsch, seine Kinder zu pflegen, um besser zu sein als er selbst. Seine Kinder interessierten sich nicht für seine Kenntnisse und Fähigkeiten. Acharya Ji wollte seinen Kindern nie seine Wahl aufzwingen. Vielmehr wollte er, dass seine Kinder neue Dimensionen im Bereich des Wissens, der Kunst, des Könnens, der Wissenschaft oder der Literatur erkunden und Reichtum nicht als Maßstab des Lebens behandeln. Die Dinge liefen jedoch nicht so, wie er es sich gewünscht hatte, aber das enttäuschte ihn nicht. Er war nie verärgert über seine Kinder. Er wusste, dass die Wirklichkeit des Schicksals der wahre Erfolg des Lebens ist, und die Richtung ihres Schicksals unterscheidet sich von der von ihm."

Bhaskar sagte: „Sir, haben Sie ihn nach meiner Geburt jemals getroffen? Hat er jemals über mich gesprochen?"

Der Weise lächelte und sagte: „Du hast den Funken von Acharya Ji. Deine Ankunft schenkte ihm himmlische Freude. Sein Glück kannte keine Grenzen. Während seiner letzten zwei Jahre fühlte er sich ein wenig besorgt. Ich weiß nicht, was er sich vorstellte, aber er drückte seine Besorgnis über die sich verändernden Parameter der Gesellschaft aus. Er sagte mir, dass in naher Zukunft die Definition von Wohlstand auf der Verfügbarkeit von Geld basieren wird und die finanzielle Situation der Menschen über ihre Wertschätzung in der Gesellschaft entscheiden wird. Ich besuchte ihn mindestens einmal im Jahr. Er war sehr liebevoll zu mir. Er vertraute mir und übertrug mir oft einige persönliche Aufgaben. Es war mein vorletzter Besuch bei ihm, etwa achtzehn Monate vor seinem Tod. Er gab mir einen Brief und ein Paket zum Versenden, weil dein Dorf bis dahin keine Post hatte. Er wies mich an, den Brief zuerst per Einschreiben mit fälliger Bestätigung zu versenden und das Paket erst nach Erhalt des Bestätigungsscheins zu versenden. Dementsprechend habe ich es getan. Ich habe ihn weder nach dem Inhalt des Briefes und des Pakets gefragt, noch hat er es mir mitgeteilt."

Der Weise wurde still, und es schien, *als* wäre *er* in der Vergangenheit verloren. Er holte tief Luft und fuhr fort: „Bei meinem nächsten Besuch, der mein letzter Besuch bei ihm war, fast sieben Monate vor seiner Abreise in die himmlische Wohnung, übergab ich ihm den Zettel. Er sagte zu mir: *„Vishnu, das Leben ist vergänglich, und die Welt ist illusorisch, aber das Bewusstsein ist ewig. Es gibt keine Gewissheit, dass du mich wiedersehen wirst, aber mein Bewusstsein wird für immer da sein. Sobald jemand mit der Ebene meines Bewusstseins übereinstimmt, kann er mich fühlen und mit mir interagieren. Du bist einer meiner Treuhänder, der meinem Bewusstsein helfen wird, sich mit meinem intellektuellen Erben zu verbinden. Er ist noch sehr jung, und ich habe* *nicht genug Zeit, um darauf zu warten, dass er erwachsen wird. Es liegt in Ihrer Verantwortung, ihm eine Lektion zu erteilen, dass Ayurveda oder Astrologie oder Astronomie nicht der letzte Gipfel des Wissens für jeden Einzelnen ist. Es gibt keinen bestimmten Wissenszweig, in dem Beherrschung unerlässlich ist. Die Stärke und das Können eines Elefanten, eines Löwen, eines Affen und eines Frosches sind nicht zu vergleichen. Alle haben die eine oder andere Fertigkeit, die sie beherrschen. Es ist falsch zu sagen, dass ein Elefant besser ist als ein Löwe oder umgekehrt. Man kann die Größe von Mahatma Gandhi und Rabindra Nath Tagore nicht vergleichen. Gold und Stahl können nicht verglichen werden, da beide ihre eigenen spezifischen Verwendungen haben. Es ist töricht, Schwerter aus Gold und Ornamente aus Stahl zu machen. Ich übergebe diese Verantwortung an Sie, damit dies nicht geschieht."*

„Ich konnte es nicht klar verstehen, also sagte ich: , Acharya Ji, möge Gott dir die Ewigkeit schenken. Jedes deiner Worte ist ein Befehl für mich. Also, wenn du das Gefühl hast, dass dein Enkel von mir erzogen wird, werde ich hierher kommen und so lange bleiben, wie es nötig ist."Bei meiner Aussage lachte Acharya Ji und sagte:"*Vishnu, du musst nicht zu ihm kommen. Wenn es sein Schicksal erfordert, wird er dich finden."*

Bhaskar rief überrascht aus: "Dada Ji wusste, dass ich mich dir nähern würde."

Der Weise lachte. „Er stand über allem Hellsehen und Voraussehen. Ich wusste nicht einmal, dass du kommen würdest. Nun, ich bin sicher, dass er der Designer deines Schicksals war."

Bhaskar schwieg. Durch den extremen Nervenkitzel bekam er Gänsehaut. Gleichzeitig erlebte er auch ein Gefühl von Stolz und Ehre für seinen Großvater.

Bhaskar fragte den Weisen: "Wenn Dada Ji einen Plan für meine Zukunft hatte, warum hat er ihn nicht mit meinem Vater geteilt?"

Der Weise hatte ein ironisches Lächeln im Gesicht und sagte: „Eine schlafende Person kann geweckt werden, aber nicht eine Person, die vorgibt zu schlafen. Es gibt einen Tempel am Rande deines Dorfes. Nimm dir etwas Zeit, um dorthin zu gehen und den Priester dieses Tempels zu treffen."

Bhaskar sagte: „Ich kenne ihn. Ich hatte erst vor drei Tagen ein langes Gespräch mit ihm. Er hat so etwas nicht erwähnt."

Der Weise sagte: "Ich nehme an, dein Vater war die ganze Zeit bei dir. Weißt du, dass Acharya Ji seinen letzten Atemzug in den Schoß dieses Priesters getan hat?"

Bhaskar war fassungslos. Er blieb für einige Zeit statuenhaft. Er hatte das Gefühl, als würde sein Kopf explodieren. Er spürte, wie sich die Erde drehte und setzte sich allmählich auf den Boden. Der Weise näherte sich ihm und klopfte ihm zärtlich auf den Kopf. Er sagte: „Mach dir keine Sorgen, mein Sohn. Diesmal musst du ihn alleine treffen. Alles wird dir kristallklar erscheinen."

Bhaskar fragte den Weisen: "Sir, was denken Sie, sollte ich jetzt tun?"

Der Weise sagte: „Was ich denke, ergibt keinen Sinn. Ich kann nur denken, dass meine Rolle in dieser großartigen Umgebung jetzt vorbei ist. Lassen Sie mich Ihnen die Details eines anderen Treuhänders erzählen. Du kannst seinen Namen und seine Adresse notieren."

Bhaskar sagte: „Ja, Sir, lassen Sie mich einen Stift und Papier mitbringen. Es ist in meiner Tasche." Er eilte zu seinem Fahrrad. Bhaskar brachte das Papier und den Stift, und der Weise schrieb die Details auf.

Als er das Papier nach Bhaskar zurückbrachte, sagte der Weise: "Dein nächstes Ziel ist Gangotri."

Bhaskar sagte mit einer kleinen Überraschung: „Gangotri, Uttarakhand?", konzentrierte sich auf das Papier und ging die vom Weisen geschriebenen Details durch.

Bhaskar faltete das Papier, steckte es in seine Tasche und fragte dann sehr höflich: „Sir, eine Frage belastet mich immer noch. Du hast mir gesagt, dass du mich aus dem Klumpen geholt hast. Aber wie hast du mich gefunden?"

Der Weise sagte: „Es gibt nichts Vergleichbares als Spannung darin. Ich saß vor meiner Hütte, als ich einen donnernden Dunst mit ständigem Hupen und dann einem rumpelnden Geräusch hörte. Das waren die Geräusche deines Motorrads, als du den Unfall hattest."

Bhaskar rief überrascht aus: „Unfall! Ich hatte keinen Unfall. Und der Tiger! Hast du den Tiger gesehen? Ein riesiger weißer Tiger!"

Der Weise lachte laut. "Ich glaube, du hattest wieder einen Traum. In diesem Teil des Waldes gibt es keine Tiger, und Sie sprechen von einem weißen Tiger. Es gibt keine weißen Tiger im ganzen Staat." Der Weise lachte immer noch zeitweise.

Bhaskar sagte: „Sir, glauben Sie mir. Ich war gerade dabei, mein Fahrrad zu starten, als ich einen riesigen weißen Tiger auf der anderen Seite des Weges stehen sah, direkt neben dem umgestürzten Peepal-Baum. Lass uns gehen, ich werde es dir zeigen."

Der Weise zog die Augenbrauen zusammen und sagte: "Du sprichst von dem gefallenen Peepal-Baum, wo es auf beiden Seiten des Weges hohes Gras gibt."

Bhaskar sagte: "Ja, genau."

Der Weise sagte überrascht: „Was! Dieser Ort ist etwa sieben bis acht Kilometer von hier entfernt."

Bhaskar sagte verwirrt: „Wie ist das möglich? Ich erinnere mich deutlich an alles. Ich bin etwa zwölf Kilometer von der

Hauptstraße entfernt gefahren und habe wegen der Blockade, die dieser riesige Baum verursacht hat, angehalten. Ich habe mein Fahrrad dort gelassen. Ich kochte etwa eine halbe Stunde und erreichte einen offenen felsigen Boden. Ich sah einen Leoparden und eilte von dort. Ich verirrte mich und erreichte nach einiger Zeit wieder die gleiche Stelle des geerdeten Peepal-Baumes. Ich nahm mein Fahrrad, startete es und im selben Moment sah ich einen riesigen weißen Tiger über dem Weg stehen und dann erinnere ich mich, dass ich in deiner Hütte aufgewacht bin."

Der Weise sagte: „Es ist richtig, dass der Standort des umgestürzten Baumes etwa zwölf Kilometer von der Autobahn entfernt ist, aber der Ort ist etwa acht Kilometer von hier entfernt, da die Autobahn nur vier Kilometer von hier entfernt ist, und der felsige Boden, von dem du sprichst, ist zweifellos ein Lebensraum von Leoparden und ist etwa drei Kilometer von diesem Peepal-Baum entfernt. So scheinen alle deine Beschreibungen richtig zu sein, aber ein Tiger und vor allem ein weißer Tiger können nicht geglaubt werden, weil es in diesem Waldgebiet keine Tiger gibt, und es gibt keine weißen Tiger im ganzen Staat. Möglicherweise bist du verwirrt. In ähnlicher Weise bist du verwirrt über die letzte Stelle, an die du dich erinnerst."

Bhaskar sagte voller Zuversicht: „Sir, ich bin nicht verwirrt, nicht einmal ein wenig. Ich bin mir verdammt sicher."

Der Weise reagierte plötzlich, als ob er sich an etwas erinnerte. Er hob die Hände, schaute zum Himmel und sagte: „Oh, der Allmächtige, der Allwissende und der Allgegenwärtige, du bist überall. Du kannst die Worte deiner wahren Anhänger nicht im Stich lassen."

Dann wandte er sein Gesicht zu Bhaskar und sagte: „Sohn, geh jetzt und halte deinen Geist hoch. Sie haben den richtigen

Weg gewählt. Die Gnade Gottes und die Segnungen von Acharya Ji sind mit dir."

Bhaskar war völlig sprachlos und das spannende Gespräch des Weisen in Richtung Himmel war für ihn unverständlich. Er war in einem Zustand der Ehrfurcht, als der Weise ihn drängte: "Verderbe nicht deine Zeit, indem du versuchst, die von der Höchsten Macht geknüpften Bande zu entwirren. Sie übersteigen die menschlichen Fähigkeiten des Verständnisses. Fahren Sie mit vollem Vertrauen und Zuversicht fort."

Bhaskar fühlte sich, als wäre er aus einem tiefen Schlaf aufgewacht. Er berührte die Füße des Weisen und ging zu seinem Fahrrad. In wenigen Augenblicken war er außer Sichtweite des Weisen, der immer noch dort stand und seine Hände in Richtung Himmel gefaltet hielt.

Reinigung Der Spinnweben

Bhaskar kam nach Hause und erzählte seinen Eltern den verkürzten Bericht seiner Reise. Er erzählte ihnen, dass er Panna ganz bequem erreichte und Shastri Ji an einem Ort traf, der sich in einem waldähnlichen Gebiet befand, und dann sicher zurückkehrte. Er erzählte ihnen auch, dass er einen leichten Unfall hatte, da sein Fahrrad auf einer schlechten Straße rutschte, da er sicher wusste, dass sein Vater das Fahrrad minutiös beobachten würde. Er verheimlichte die Vorfälle seiner Begegnung mit einem Tiger und die mysteriöse Art, Shastri Jis Standort zu erreichen. Er erwähnte auch nicht den Hinweis auf den Priester. Seine Mutter war nicht an einer Diskussion interessiert, nachdem sie von dem Unfall erfahren hatte. Sie bat Bhaskar, ein Bad zu nehmen, zu Mittag zu essen und sich auszuruhen. Bhaskar tat es entsprechend und ging ins Bett.

Bhaskar lag mit geschlossenen Augen im Bett, aber er war meilenweit vom Schlaf entfernt. Mehrere Gedanken kamen ihm und er wartete auf den Abend, damit er zum Tempel gehen und den Priester treffen konnte. Er war verblüfft über den Hinweis des Weisen, den Priester allein zu treffen. Viele Fragen kreisten um seinen Kopf. *Verheimlicht der Priester etwas? Könnte die Anwesenheit meines Vaters die Informationen beeinflussen? Verschweigt mein Vater einige Fakten?*

Sobald die Uhr fünf Uhr abends zeigte, kam Bhaskar aus seinem Zimmer und sagte: „Mutter, ich gehe spazieren", und verließ das Haus. Er ging zügig und erreichte so innerhalb einer halben Stunde den Tempel, der sich in der Mitte eines Klumpens befand, etwa einen Kilometer von der Grenze des Dorfes entfernt.

Er betrat das Tempelgelände, als die kleine Tür innerhalb des Haupttors geöffnet war. Es herrschte völlige Stille. Er ging in den Haupttempel und stampfte auch den ganzen Campus, beobachtete aber nichts. Also sprach er laut. "Ist jemand hier?"

Er hörte eine dünne Stimme. "Wer auch immer da ist. Ich bin im Hinterhof." Er ging auf die Rückseite des Tempels und fand den Priester, der den Boden bebrütete. Er begrüßte ihn mit vollem Respekt.

Der Priester lächelte und sagte: „Bhaskar! Sohn! Oh, du bist es! Komm." Er deutete ihm, er solle sich auf die Plattform setzen und einen alten Peepal-Baum umkreisen. Bhaskar setzte sich darauf und nach einer Weile schloss sich der Priester ihm an.

Der Priester sagte: "Sohn, wie bist du heute hierher gekommen?"

Bhaskar sagte mit leiser Stimme: „Sir, ich bin mit ein paar Fragen hierher gekommen. Gestern habe ich Panna besucht und Shastri Ji getroffen, der mich gebeten hat, dich privat zu treffen. Eigentlich hat er mir geraten, dich zu treffen, wenn mein Vater nicht in der Nähe ist. Darf ich die Tatsachen erfahren, die mir durch die Anwesenheit meines Vaters verborgen geblieben sind?"

Das Gesicht des Priesters wurde düster und er sagte: „Ich war sechs Jahre bei Acharya Ji in deinem Haus. Ich blieb jedoch bis zu seinem letzten Atemzug in Kontakt. Selbst nachdem ich mich von Ihrem Haus in diese Räumlichkeiten verlegt hatte, ging ich mindestens drei bis vier Stunden täglich zu ihm."

Bhaskars Augen weiteten sich vor Überraschung: "Aber du hast die Dinge an diesem Tag ganz anders beschrieben."

Der Priester sagte: „Sohn, nimm es nicht anders an, aber ich konnte in der Gegenwart deines Vaters nicht die Wahrheit sagen, als er mich anwies, ein paar Vorfälle vor allen zu verbergen. Ich handelte nach seinem Willen, aber mein Gewissen pochte weiter im Inneren. Ich erzählte alles Shastri Ji, der nach Acharya Jis Tod zu den letzten Ritualen gekommen war. Er fühlte sich auch schlecht, aber er bat mich, den Anweisungen deines Vaters zu folgen. Als ich ihn nach der Belastung meines Gewissens befragte, sagte er zu mir: „Die Wahrheit kann für eine Weile verborgen, aber nicht zerstört werden. Keine unnötige Panik. Die Wahrheit wird von selbst herauskommen, wenn die Zeit gekommen ist.'"

Bhaskar war fassungslos. Er sagte: "Und was war das für eine Wahrheit?"

Der Priester sagte: „Acharya Ji holte seinen letzten Atemzug in meinem Schoß. Er erklärte dich zum Nachfolger seines Erbes. Er sagte: *"Es gibt niemanden in meiner Familie, der es verdient, das Erbe, das ich hinterlasse, zu halten, außer Bhaskar. Bitte erzählen Sie ihm davon. Jede Zugehörigkeit, die sich in diesem Raum befindet, sollte intakt gehalten werden. Alles, was sich in diesem Raum befindet, sollte nur hier aufbewahrt werden, unberührt. Nur Bhaskar sollte das Recht haben, diese Dinge zu benutzen, denn nur er kann den wahren Wert dieser Dinge verstehen, die anderen als Müll erscheinen mögen. Gib meinem Kind meinen Segen, da ich nicht genug Zeit habe, um auf ihn zu warten. Ich habe meinen Sohn in den letzten drei Tagen gebeten, Bhaskar aus dem Internat mitzubringen, damit ich ihn zum letzten Mal sehen kann. Aber Bhaskars Vater denkt, dass mir nichts passieren wird, und Bhaskar sein Zuhause zu nennen, wird nur sein Studium beeinträchtigen. Er möchte, dass sein Sohn eine Ausbildung mit einem einzigen Ziel erhält — einen Regierungsjob zu bekommen, der enorme Macht und Geld in sich birgt. Das ist nicht das Ziel von Bildung. Ein System, das dazu neigt, Positionen zu schaffen, kann nicht als Bildung bezeichnet werden. Dies ist lediglich ein Geschäft ohne Ziele und Absichten, nur mit Motiven. Bei der Bildung geht es darum, das natürliche Talent eines Kindes zu fördern und es gleichzeitig zu sozial anerkanntem Verhalten und zur Vermeidung von abweichendem Verhalten zu erziehen."*

Der Priester blieb eine Weile stehen, als er sah, wie Tränen über Bhaskars Wangen rollten.

Bhaskar sagte mit intermittierendem Schluchzen: "Bitte fahren Sie fort."

Der Priester sagte: „Sohn, das ist alles, was ich wusste. Ich habe deinem Vater alles genau erzählt. Auch er war sehr traurig über den Tod seines Vaters. Er hatte eine andere Wahrnehmung des Lebens als Acharya Ji, aber es hatte keinen Einfluss auf die Bindung eines Sohnes an seinen Vater. Er erfüllte jeden Wunsch von Acharya Ji, machte sich aber Sorgen um dich, also versuchte er sicherzustellen, dass du nicht von deinem Hauptstudium abgelenkt wirst. Also wies er mich an, die Botschaft vor allen zu verbergen und sie dir nicht zu offenbaren, bis du einen guten Job bekommst. Er hatte Angst, dass du der Lebensweise deines Dada Ji folgen könntest. Aber du solltest nicht schlecht über deinen Vater denken. Er respektierte seinen Vater immer und nach seinem Wunsch behielt er seine Sachen mit voller Sorgfalt und pflegte das Zimmer. Dein Vater hatte aber auch recht mit seiner Lebensauffassung. Die Art von finanziellen Schwierigkeiten, mit denen er in seinem Leben konfrontiert war, zwang ihn, alles auf der Skala des Geldwerts zu bewerten."

Dann sagte der Priester mit einer ernsten Bemerkung: „Ich suche deine Verheißung. Bitte teile deinem Vater niemals mit, dass ich dir etwas mitgeteilt habe."

Bhaskar sagte: „Du brauchst dir keine Sorgen zu machen. Ich werde mich darum kümmern."

Der Priester sagte: „Ich schulde deinem Vater für seine zahlreichen Gefälligkeiten und seine Hilfe. Ich habe immer noch das Gefühl, dass ich ihn betrogen habe, indem ich gegen seine Anweisungen verstoßen habe. Aber mein Gewissen beherrschte mein Gefühl der Verschuldung und deshalb habe ich es mit Ihnen geteilt."

Bhaskar begrüßte den Priester und ging zum Haupttor. Plötzlich hörte er den Priester ihn rufen, also blieb er stehen und drehte sich wieder zu ihm um.

Der Priester sagte: "Einmal sagte mir Acharya Ji, dass es viele Leute gibt, die sich immer beschweren und sagen:" Ich hätte es früher tun sollen "oder" Ich hätte diese Gelegenheit früher bekommen sollen. "Ohne es zu wissen, stellen sie die von Gott beschlossene kosmische Reiseroute in Frage. Sie müssen verstehen, dass früh oder spät ihr eigener Zeitrahmen ist, der im universellen Kontext keine Bedeutung hat. Alles geschieht zu seiner geplanten Zeit."

Bhaskar nickte ihm zu und dann ging er mit einem Gedankensturm nach Hause. Er dachte, dass sein Vater die Wahrheit verheimlichte, aber sein Motiv war es, niemandem zu schaden. Er handelte vielmehr im Interesse seines Sohnes, was ihm richtig erschien. Nach viel Grübeln beschloss er, keine Anzeichen dafür zu zeigen, dass er die Informationen vom Priester erhielt, und hielt es für sündhaft, seinen Vater schuldig zu fühlen. Er fühlte sich sehr entspannt, als er spürte, wie sich sein trüber Geist klar drehte und die lästige Last der Unsicherheit von seinem Gewissen abnahm.

Brise Im Bootcamp

Hwir erreichten Gangotri am frühen Morgen. Er checkte in einem Schlafsaal in der Nähe der Bushaltestelle ein und erreichte eine Halle mit sechs Matratzen, die auf dem Boden verteilt waren. Er zog seine Schuhe aus und fiel auf eine Matratze. Innerhalb weniger Minuten schlief er ein.

Er wachte in Eile auf und schaute sich um. Es war niemand anderes als er im Raum. Er schaute auf seine Uhr. Es war 12:30 Uhr von der Uhr und er ärgerte sich über sich selbst, weil er so lange geschlafen hatte. Er nahm ein Bad und zog sich schnell an. Er trug seinen Rucksack und machte sich auf den Weg zur Adresse.

Er fragte den Hausmeister des Wohnheims nach der Adresse. Der Hausmeister sagte ihm, dass er auch neu in der Gegend sei; er sei erst vor drei Tagen dort angekommen. Er sagte Bhaskar, dass kaum fünfzig Familien in dem Ort wohnten, so dass es nicht schwierig sein würde, eine Adresse zu finden.

Bhaskar ging aus dem Schlafsaal und fragte einen alten Mann, der auf ihn zukam, nach der Adresse. Der alte Mann wies ihn sofort auf einen Punkt hin, von dem aus eine enge Gasse hinabstieg, und sagte: "Ihr Ziel wird eines dieser Häuser sein."

Bhaskar stieg in die Gasse hinab. Er durchquerte ein paar Häuser und bemerkte eine alte Dame, die an der Tür eines Hauses saß. Er begrüßte sie mit vollem Respekt und erkundigte sich nach der Adresse. Die Dame zeigte sofort mit dem Finger auf ein Haus und sagte: "Gelbes Haus neben dem Baum."

Bhaskar bewegte sich schnell und drückte der Dame seine Dankbarkeit aus. Er erreichte das Haus und blieb stehen. Er bemerkte ein altes kupfernes Namensschild, das an den Holzrahmen der Tür genagelt war und „Swami Vinayak Pandey" zeigte.

Bhaskar wurde der Name des Hausbesitzers versichert. Die Tür war offen, aber der Vorhang war geöffnet. Er klopfte an die Tür und eine sofortige Antwort kam von innen. "Wer ist da?" Die Stimme war im Wesentlichen weiblich.

Bhaskar antwortete: "Ich bin hierher gekommen, um Swami Vinayak Pandey zu treffen."

Die weibliche Stimme sagte: "Er ist nicht zu Hause."

Bhaskar erlebte die Absicht der Stimmenquelle, seinen Besuch so schnell zu entsorgen, und drängte: „Ma'am, ich bin den ganzen Weg aus Madhya Pradesh gekommen, um Swami Ji zu treffen. Würdest du mir bitte sagen, wann ich ihn treffen kann?"

Bhaskar wartete auf eine Antwort, aber es gab keine Antwort. Also drängte er erneut: "Ma'am, bitte sag es mir."

Plötzlich war der Vorhang zugezogen und ein schönes Mädchen erschien an der Tür. Bhaskars Augen weiteten sich, als er das Gesicht des Mädchens ansah. Er wurde sprachlos über die hinreißende Schönheit des Mädchens. Das Mädchen war kaum einundzwanzig. Sie hatte einen strahlenden Look und einen perfekt stromlinienförmigen Körperbau. Sie bemerkte Bhaskars blinzelnde Augen, ärgerte sich aber nicht. Vielleicht war das Mädchen auch von seiner attraktiven Persönlichkeit und Schönheit beeindruckt.

Sie lächelte eher und sagte: "Ja, wen willst du treffen?"

Ihre Stimme war so sanft wie der melodiöse Klang eines Glockenspiels. Bhaskar, der sich jetzt von seiner bezaubernden Ehrfurcht erholt hatte, schämte sich für seine fassungslose Reaktion. Er begrüßte das Mädchen sehr höflich und sagte: „Mein Name ist Bhaskar Dixit. Ich komme aus einem Dorf im Bezirk Tikamgarh in Madhya Pradesh. Es ist rund tausend Kilometer von hier entfernt. Swami Vinayak Pandey war ein Schüler meines Großvaters. Ich brauche ein paar Informationen von ihm."

Das Mädchen sagte: "Okay, Swami Vinayak Pandey ist mein Großvater, aber er lebt nicht mehr hier."

Bhaskars Gesicht wurde vor Enttäuschung stumpf. Er flehte: „Könnten Sie mir bitte seine Adresse geben. Ich muss ihn dringend treffen. Bitte!"

Das Mädchen sympathisierte mit ihm und lud ihn ein, ins Haus zu kommen. Bhaskar trat ein und erreichte einen Raum, in dem ein altmodisches, aus Draht gewebtes Sofa mit sauberen Kissen platziert war. Das Mädchen bat ihn, sich dorthin zu setzen und ging hinein. Das Zimmer war sehr ordentlich und sauber und hatte ein Einzelbett mit einer Matratze, die in der anderen Ecke mit einem sauberen weißen Laken bedeckt war. An der Wand hingen ein paar gerahmte Fotos. Der leichte Duft von Sandalen-Räucherstäbchen war im Raum vorhanden.

Nach einer Weile erschien das Mädchen und stellte ein Tablett mit einem Glas Wasser vor ihn. Direkt hinter ihr erschien eine Dame mittleren Alters aus dem Haus und setzte sich auf das Bett. Das Mädchen stellte die Dame als ihre Mutter vor, und Bhaskar begrüßte sie.

Die Dame sagte: „Meine Tochter Sanjana hat mir von dir erzählt. Swami Vinayak Pandey ist mein Schwiegervater. Er war der Hohepriester des Gangotri-Tempels. Vor drei Jahren gab er sein Amt auf, dann wurde sein Sohn, also mein Mann, zum Oberpriester ordiniert. Er selbst gab die Familie auf und lebt nun in einem Ashram in Tapovan. Seitdem haben wir ihn nicht mehr gesehen. Meinem Mann ist es gelungen, regelmäßig über sein Wohlbefinden informiert zu werden. Er ist bei guter Gesundheit und genießt die Ruhe und Stille vor Ort. Er erfährt Befriedigung, indem er sich durch seine Hingabe an Gott völlig unterwirft. Tapovan ist nicht weit von hier entfernt, aber der Weg dorthin führt durch extremes Gelände. Wenn du ihn treffen willst, musst du dorthin gehen. Ich schlage jedoch vor, dass Sie mit meinem Mann sprechen. Er ist dabei, nach Hause zu kommen. Möge das Glück Sie unterstützen und Sie müssen nicht zu Tapovan gehen, wenn Sie die gewünschten Informationen von meinem Mann erhalten."

Sanjana erschien wieder, und diesmal mit einer Tasse Tee. Bhaskar nahm die Tasse und nahm einen Schluck. Der Geschmack des Tees erinnerte ihn an den von seiner Mutter zubereiteten Tee.

Plötzlich kam ein robuster Mann von hellem Teint, rasiertem Kopf, der eine große gelbe Markierung auf der Stirn trug und in einem Safranmantel gekleidet war, ins Haus. Kurz gesagt, er war ein Mönch mit einer großartigen Persönlichkeit. Bhaskar erkannte, dass er der Besitzer des Hauses und Sanjanas Vater war. Der Mönch war ein wenig überrascht, einen Fremden in seinem Haus zu sehen. Die Dame stellte ihren Mann schnell Bhaskar vor.

Als Geste des Respekts stand Bhaskar auf und begrüßte ihn mit gemeinsam gefalteten Händen. Die Dame stellte Bhaskar dann ihrem Mann vor.

Der Mönch sah Bhaskar eine Weile an, setzte sich auf das Sofa und sagte: „Ich kenne die großartige Persönlichkeit von Acharya Ji. Mein Vater erzählte mir von seinen schulischen Leistungen. Du hast das Privileg, in seiner Linie geboren zu werden. Ihre Eltern haben jedoch das Privileg und das Glück, einen dynamischen, gutaussehenden und glänzenden Sohn wie Sie zu haben. Bitte sag es mir. Wie kann ich Ihnen helfen?"

Bhaskar schämte sich ein wenig für die freundlichen Worte des Mönchs. Er senkte die Augen und versuchte dann, die Reaktion anderer im Raum zu messen. Er beobachtete die Gefühle der Zuneigung auf dem Gesicht der Dame, während Sanjanas grelle Augen von einem ruhigen Lächeln begleitet wurden.

Er hatte bereits beschlossen, den eigentlichen Grund für seine Ankunft zu verbergen. Mit seiner angeborenen Qualität, brillante Geschichten zu weben, war Bhaskar bereit, eine fiktive Geschichte zu erzählen.

Er sagte: „Eine mächtige und wohlhabende Familie unserer Gegend war versucht, sich ein Stück unseres landwirtschaftlichen Landes zu schnappen. Die Familie führt mehrere Firmen, die an Bau-, Immobilien- und anderen ähnlichen Unternehmen beteiligt sind. Sie haben starke politische Verbindungen. Ein Mitglied dieser Familie kam zu uns nach Hause und bestand darauf, dieses Land an seine Firma zu verkaufen, aber mein Vater lehnte seinen Vorschlag höflich ab. Danach begannen sie Druck auszuüben und drohten uns mit schrecklichen Konsequenzen, weil wir das Land nicht verkauft hatten. Mein Vater machte deutlich, dass das Land die Glückseligkeit unserer Vorfahren symbolisiert und daher nicht um jeden Preis verkauft werden kann. Ein paar Wochen später erhielten wir eine Räumungsverfügung vom örtlichen Finanzamt, die uns anwies, unseren Besitz des Landes zu räumen. Wir gerieten in Panik und als wir uns dem Finanzamt näherten, erfuhren wir, dass diese Leute beantragt hatten, dieses Land in Besitz zu nehmen. Sie haben eine Verkaufsurkunde zur Unterstützung ihres Anspruchs eingereicht, die wahren Eigentümer der Immobilie zu sein, und uns zu Usurpatoren erklärt. Wir waren uns sicher, dass die eingereichten Unterlagen gefälscht waren. Unser Anwalt stimmte auch zu, dass das Gericht die Angelegenheit jedoch nicht nur auf der Grundlage dieses Dokuments entscheiden wird, sondern dass die Verkaufsurkunde ein wichtiges Dokument für die Geltendmachung des Eigentums ist. So kann der Fall für eine lange Zeit anhängig bleiben, und es kann sogar zehn bis fünfzehn Jahre dauern, bis das endgültige Urteil kommt. Als wir das Dokument genau untersuchten, stellten wir fest, dass der Name von Swami Vinayak Pandey als einer der Zeugen der Verkaufsurkunde eingetragen wurde. Unser Anwalt hat vorgeschlagen, dass, wenn Swami Ji eine Erklärung abgibt, dass sein in der Verkaufsurkunde erwähnter Name falsch ist und seine Unterschrift gefälscht ist, und eine solche Urkunde nie existiert hat. In diesem Szenario wird das endgültige Urteil in diesem Fall sofort gefällt. Mit dieser Absicht bin ich hierher gekommen, um Swami Jis Hilfe zu suchen."

Als alle drei Familienmitglieder Bhaskars Worte hörten, hatten sie Sympathiebekundungen im Gesicht. Die Frau sah Bhaskar mit großem Mitgefühl an und sagte: „Sohn, Gottes Mühle mahlt langsam, aber sehr fein. Egal wie mächtig das Böse ist, das Gute ist immer mächtiger. Gott lässt niemals Ungerechtigkeit gegenüber seinen wahren Geweihten zu. Eine Lüge hat immer einige Lecks, und diese Kriminellen werden verlieren. Die Strafe in der Hölle ist für diejenigen festgelegt, die andere irreführen oder ihnen schaden, indem sie Lügen erzählen."

Bhaskar spürte den letzten Satz der Dame in seinem Herzen stechen. Er erkannte, dass auch er gelogen hatte. Er hatte die Familie erst vor ein paar Minuten kennengelernt, aber aus irgendeinem Grund fühlte er sich extrem schuldig, weil er sie angelogen hatte. Er schämte sich für die Tiefe seines Herzens. Er dachte, hätte er ihnen die Wahrheit gesagt, hätten sie höchstens gelacht oder ihn für einen Narren gehalten, aber zumindest wäre er frei von diesem Selbstvorwurf gewesen.

Er legte ein Gelübde in seinem Herzen ab, dass er ihnen früher oder später die Wahrheit offenbaren und den Grund für seine Lüge erklären würde. Er würde sich auch bei allen für seine Tat entschuldigen.

Bhaskar war in seinem eigenen Tumult der Emotionen verloren, als die beeindruckende Stimme des Mönchs ihn in die Realität zurückbrachte. Er sagte: „Sohn, es ist jetzt klar, dass nur mein Vater dein Problem lösen kann und er wird dir definitiv helfen. Das bedeutet, dass Sie nach Tapovan gehen müssen. Ich denke, du bist zum ersten Mal hierher gekommen."

Bhaskar nickte nur bejahend mit dem Kopf.

Der Mönch sagte: „Da du zum ersten Mal nach Gangotri gekommen bist, ist es keine Frage, dass du mit Tapovan vertraut bist. Sie sollten wissen, dass für den Besuch von Gaumukh oder Tapovan eine Genehmigung der Bezirksverwaltung und des Forstamtes erforderlich ist. Sie können mit einem Maultier nach Gaumukh fahren, aber von dort aus müssen Sie wandern und den Gletscher überqueren, um Tapovan zu erreichen. Sie sollten verstehen, dass es eine schwierige Reise sein wird und Ihre Ausdauer, Kraft und Willenskraft auf die Probe stellen wird. Darüber hinaus wird die Saison Ihre Schwierigkeiten verschlimmern. Der Winter steht vor der Tür und innerhalb der nächsten zwei Wochen wird der Gangotri-Tempel für sechs Monate geschlossen sein. Das Vijayadashami-Festival findet diese Woche statt, daher wird es auch schwierig sein, einen Navigator oder Führer zu finden. Ich würde vorschlagen, dass Sie Ihren Besuch jetzt verschieben und für den Monat April planen. Unter den gegenwärtigen Umständen wäre es besser, jetzt nach Hause zurückzukehren und im April wiederzukommen."

Bhaskar dankte der Familie für die Unterstützung und versicherte ihnen, dass er sich nur auf die Reise begeben würde, wenn die Situation normal erschien. Bhaskar verließ das Haus, aber einige unbekannte Emotionen zwangen ihn, sich traurig zu fühlen, als er die Familie verließ. Er wollte sich umdrehen und sehen, ob Sanjana vor der Tür stand. Lange Zeit hielt er den Gedanken zurück, zurückzublicken, aber sobald er die Wendung der Straße sah, erkannte er, dass dies die letzte Chance sein würde, zurückzublicken. Nachdem er sich umgedreht hatte, konnte er keinen Blick auf Sanjanas Haus werfen. Der Gedanke brach seine Zurückhaltung, also blieb er sofort stehen und schaute zurück. Sanjana stand immer noch an der Tür und beobachtete ihn. Sobald Bhaskar sich umdrehte, wurde Sanjana verlegen und zog sich ins Haus zurück. Der Vorfall brachte seltsame gemischte Gefühle von Romantik, Glück und Affinität in Bhaskars Herz.

Der Faux Pas

Bhaskar erreichte den Schlafsaal und erkundigte sich beim Hausmeister der Einrichtung nach dem Prozess des Erwerbs einer Genehmigung für den Besuch von Tapovan. Er suchte nach einem Navigator, konnte aber keinen finden. Er erfuhr, dass es zu diesem Zeitpunkt sehr schwierig sein würde, einen Führer oder Navigator zu finden, da der Winter gekommen war und der Tempel innerhalb einer Woche für sechs Monate geschlossen sein würde. Also ging er mit ein wenig Enttäuschung auf das örtliche Büro zu und erhielt die Genehmigung. Aufgrund der

Nichtverfügbarkeit eines Navigators wurde sein Besuch nur bis nach Gaumukh autorisiert.

Er fühlte sich unentschlossen, da er kein Interesse daran hatte, Gaumukh zu besuchen. Sein primäres Ziel war es, Tapovan zu erreichen. Er war in einem Aufruhr der Gedanken und beschloss schließlich, die Reise anzutreten. Er beschloss, die Chance zu nutzen, zum Gletscherende zu gehen, um nach Möglichkeiten zu suchen, ohne Genehmigung über Tapovan hinauszugehen und Tapovan zu erreichen. Er wusste sehr wohl, dass es mühsam und riskant sein würde, allein in ungewohntem und zerklüftetem Gelände zu reisen. Aber er tröstete seine Vernunft, indem er behauptete, dass es besser sei, von der Hälfte

zurückzukehren, als am Anfang zu sitzen.

Also sammelte er alle wichtigen Informationen und plante, seine Reise früh am Morgen zu beginnen. Er kehrte in den Schlafsaal zurück und entfaltete die Karten, die er in einem Geschäft gekauft hatte. Er war bereits gut in Geographie und hatte eine Begabung zum Kartenlesen. Er hatte es geschafft, eine physische Karte, eine topografische Karte, eine Klimakarte, eine thematische Karte der geologischen Merkmale des Gebiets und eine Navigationskarte zu erhalten. Er studierte die Karten sehr genau. Nach mehr als zwei Stunden tiefer Beobachtung und Berechnung fand er eine alternative Route. Er versicherte sich, dass diese Route die Endstation des Gletschers und den Kontrollposten überspringen würde, da er die Details dreimal überprüft und die Berechnungen aus verschiedenen verfügbaren Ressourcen abgeglichen hatte.

Bhaskar hatte kein Interesse daran, den Ursprung des Gletschers zu besuchen und war nur besorgt, den Kontrollposten zu überspringen. Er identifizierte eine Stelle etwa eine Meile vor dem Gletscherkontrollposten, von wo aus er die alternative Route nehmen würde. Er beschloss, bis dahin dem üblichen Weg zu folgen. Er dachte über die Vor- und Nachteile jedes Aspekts nach und überprüfte alles viele Male. Nachdem er voll und ganz zufrieden war, hob er die Arme über die Schultern und triumphierte: "Ja!" Er war glücklich, eine Route zu finden, die ihn von der Notwendigkeit einer Genehmigung für Tapovan befreien könnte.

Bhaskar war nur ein Jugendlicher mit sehr wenig weltlicher Weisheit. Er fühlte sich triumphierend, als er das Überwachungssystem knackte, das eingerichtet wurde, um die Besucher zurückzuhalten. Er legte sich auf die Matratze und begann über seine Effizienz nachzudenken, um innerhalb von zwei Stunden eine Lösung für das Problem anzubieten. Dann begann er zu denken, dass vielleicht die Pilger, die Abenteuertouristen und diejenigen, die dort als Führer oder Navigatoren arbeiteten, nicht kompetent genug waren, um eine so große Lücke im Routenmanagement zu finden. Er betrachtete auch die lokale Verwaltung als erbärmliche Gutachter des Systems. Bhaskar dachte: "Wäre diese Route öffentlich geworden, wäre das System der Erteilung von Genehmigungen sinnlos geworden."

Er fühlte sich im Moment extrem narzisstisch. Seine Eigenart ließ ihn vergessen, was sein Vater ihm oft gesagt hatte.

„Selbstvertrauen und Selbstüberschätzung liegen nur marginal auseinander. Bis zu dem Zeitpunkt, an dem du über deine eigenen Fähigkeiten nachdenkst, genießt du Selbstvertrauen und von dem Moment an, an dem du anfängst, dich auf deine Überlegenheit gegenüber anderen zu konzentrieren, entpuppst du dich als Opfer von Selbstüberschätzung."

Die Trittsteine

Bhaskar begann seine Reise sehr früh am Morgen, indem er im Gangotri-Tempel betete. Er nahm nur das Wesentliche mit und ließ die restlichen Sachen in einer Plastiktüte im Schlafsaal verpackt zurück. Er wusste, wie wichtig es ist, bei einer anstrengenden Wanderung möglichst wenig Gepäck mit sich zu führen. Er stieg die Treppe hinauf, um den Trekkingpunkt zu erreichen, und ging den Weg entlang. Innerhalb weniger Minuten erreichte er den Kontrollposten. Er zeigte seine Genehmigung einem Sicherheitspersonal, das seine Tasche auf die von ihm mitgeführten Kunststoffe überprüfte.

Während der Formalitäten sprach Bhaskar mit dem Sicherheitspersonal, um ein wenig Affinität zu schaffen. Er sagte: „Es ist wirklich eine anstrengende Aufgabe, in solch extremem Gelände zu arbeiten. Ihr seid ein brillantes Beispiel für Pflichtbewusstsein." Das Personal lächelte.

Bhaskar sagte: „Ich spreche aus der Tiefe meines Herzens. Ich begrüße Ihren Geist, Ihre Pflichten trotz so vieler Widrigkeiten und Schwierigkeiten zu erfüllen."

Das Personal erwiderte nun seine Höflichkeit, indem es mit dem Kopf nickte und mit der Hand gestikulierte, um seine Dankbarkeit für die Worte der Wertschätzung auszudrücken.

Bhaskar sagte: „Ich denke, ich bin nicht der Erste, der solche Ausdrücke macht. Jeder, der hierher kommt, muss ähnliche Gefühle haben."

Die Erklärung provozierte das Sicherheitspersonal, seine Qual an die Oberfläche zu bringen, und er sagte: „Überhaupt nicht, Bruder. Viele kommen hierher und streiten sich, viele werden unhöflich und viele von ihnen denken, dass wir ihre Zeit mit nutzlosen Formalitäten verschwenden."

Bhaskar machte einen leisen Ton, indem er seine Lippen fest verband und sie dann plötzlich auseinander bewegte, um sein Mitgefühl zu zeigen. Obwohl er die Standorte aller Kontrollposten auf der Route kannte, sagte Bhaskar: "Vielleicht ist dies der einzige Kontrollposten auf der Route."

Das Sicherheitspersonal sagte ihm: "Nein, es gibt noch zwei; der letzte ist in Gaumukh. Wir sind hier, um Menschen zu helfen, aber viele Menschen betrachten uns als Feinde. Einmal bestand eine Gruppe von drei Jungen auf dem Gaumukh-Kontrollposten, damit sie weiter gehen konnten. Obwohl sie keine Erlaubnis hatten, darüber hinauszugehen, stritten sie sich mit dem Personal und handhabten auch ein Personal. Nach der Rückkehr vom Kontrollposten nahmen diese Jungen einen verlassenen Weg, um Tapovan zu erreichen, und verirrten sich. Zwei von ihnen verloren ihr Leben und einer überlebte sowieso, als die Mitarbeiter desselben Scheckpostens ihn retteten."

Bhaskar war auch schockiert und traurig. Er sagte: „Die Welt ist voller Menschen mit unterschiedlichen Mentalitäten und Ansichten. Bitte setzen Sie Ihre gute Arbeit fort." Dann zeigte er ein angenehmes Lächeln und sagte: „Jetzt sollte ich weiter wandern. Andernfalls verliere ich den Vorteil, früh anzufangen. Es war schön, euch kennenzulernen." Er winkte dem Personal am Kontrollposten zu und setzte seine Reise fort.

Bhaskar hatte zwei sehr wichtige Beiträge vom Check-Post-Personal erhalten. Erstens war es möglich, den Kontrollposten am Gletscher zu umgehen, und so war sein Plan, Tapovan zu erreichen, indem er den Kontrollposten übersprang und eine alternative Route annahm, durchaus machbar. Zweitens könnte sich eine alternative Route als gefährlicher erweisen als seine Annahme. Er erinnerte sich daran, was Baba Ji ihm über das Erkennen der Zeichen des Schicksals gesagt hatte. Er dachte, dass die Sicherheitsperson die alternative Route als das eigentliche Zeichen erwähnt hatte, um ein grünes Signal zu geben, um den weiteren Verlauf seiner Reise gemäß seinem Plan fortzusetzen. Er war entschlossen und fuhr mit einem Stouterwillen fort.

Die Strecke war körperlich anstrengend, aber Bhaskars Fitness und Ausdauer waren praktisch. Bhaskar verspürte das Bedürfnis nach seinen Wanderschuhen. Während er das Haus verließ, ahnte er nicht, dass er sich einer solchen Situation gegenübersehen würde, sonst hätte er seine Wanderschuhe und andere Accessoires einpacken können. Er dankte seiner Mutter, die darauf bestand, dass er eine schwere Jacke und eine Sturmhaube trug. Die anfängliche Strecke der Route war einfach, und er setzte seine Reise fort und genoss den beruhigenden Blick auf Kiefern und Vegetation.

Bhaskar fühlte sich wohl, da der Weg ziemlich breit war und er weiter auf der linken Seite des Bhagirathi-Flusses ging. Er war amüsiert von der Schönheit des gesamten Tals. Er hatte einen Blick auf den Sudarshan Peak und fühlte sich fasziniert, als er zum ersten Mal in seinem Leben einen schneebedeckten Berg sah. Er überquerte viele Bäche auf dem Weg. Sein Rucksack war nicht schwer, so dass er leicht laufen konnte , ohne seinen Trekkingstock benutzen zu müssen. Er machte sich nur Sorgen, allein in einer unbekannten Region mit extremen Überlebensbedingungen zu sein. Nachdem er eine einzige Pause eingelegt hatte, sah er eine Anlage am Straßenrand und erkannte, dass er Chirbasa erreicht hatte. Es war bereits 10 Uhr morgens und er beschloss, eine Tasse Tee zu trinken.

Während er Snacks und Tee trank, sprach er mit dem Anlagenbesitzer und erfuhr, dass er der erste Trekker des Tages war und nur eine Gruppe von vier Personen gestern die Anlage überquert hatte. Der Mann sagte ihm, dass sie jetzt weniger Touristen sahen, als der Winter näher rückte, und sehr bald würde der Gangotri-Tempel für einen Zeitraum von sechs Monaten geschlossen sein.

Er setzte seine Wanderung in Richtung Bhojwasa fort, das noch fünf Kilometer entfernt war. Er durchquerte den Kiefernwald. Er stellte fest, dass der Trail schlammig mit heterogenen Hängen war. Er spürte auch den allmählichen Aufstieg zusammen mit dem Weg und der abnehmenden Baumgrenze. Nachdem er zwei Stunden lang durch Felsbrocken und Sedimentation gewandert war, fand er, dass sich das Tal verbreiterte, und nach einer Weile sah er ein Stück offenes Land. Er sah Birkenklumpen und beobachtete dann ein paar Häuser. Das war Bhojwasa, die letzte Siedlung, die den Trekkern Verpflegung und Unterkunft bieten konnte.

Bhaskar keuchte jetzt und fühlte sich sehr niedrig. Bis dahin war es 14 Uhr und er beschloss, anzuhalten und etwas zu essen. Er hielt in einem kleinen Geschäft an, das Gerichte der lokalen Küche anbot. Er aß zu Mittag und streckte dann seine Beine auf der Bank aus. Er spürte, wie sein Körper schmerzte. Trotz seiner festen Entschlossenheit spürte er, wie sein Körper schrie, vorerst aufzugeben. Er fühlte sich erschöpft und der Schlafsaal, der dort zur Verfügung stand, zog ihn an, hineinzugehen. Er checkte in einen Ashram ein, der Unterkünfte und Internatsmöglichkeiten bot. Er streckte sich auf der Matratze und fühlte sich, als hätte sein Körper Tausende von Knochen und jeder von ihnen schmerzte. Er spürte, wie seine Muskeln aufgrund der anstrengenden Arbeit, die sie zum ersten Mal verrichteten, von selbst vibrierten. Sehr bald schlief Bhaskar ein.

Bhaskar wachte auf und fand einen Mitarbeiter, der ihn schüttelte und um ein Abendessen bat. Er erkannte, dass er mehr als sechs Stunden geschlafen hatte. Er stand auf und spürte, wie sich sein Körper verkrampfte. Er schluckte eine

Schmerzmitteltablette, die er mitgebracht hatte, und nachdem er sich erfrischt hatte, nahm er sein Abendessen, gefolgt von einer Tasse Tee. Er fühlte sich jetzt gut. Sein Gehirn begann zu arbeiten und er konzentrierte seine Aufmerksamkeit auf das primäre Ziel, das ihn dorthin gebracht hatte. Er stellte fest, dass er der einzige Gast in der gesamten Einrichtung war. Er ging durch den Ort und schloss sich einer Gruppe von Mitarbeitern an, die am Lagerfeuer saßen. Er sprach ausführlich mit ihnen über die Passage nach Gaumukh und Tapovan. Er erfasste jeden von ihnen gegebenen Input mit voller Aufmerksamkeit. Als er das Gefühl hatte, alle Informationen und Updates über die Strecke erhalten zu haben, verließ er die Gruppe und ging zu Bett.

Ein Erlöser Im Labyrinth

Bhaskar wachte recht früh auf und bereitete sich auf den letzten Abschnitt der Expedition vor. Er wusste, dass der Gletscher nicht allzu weit von dort entfernt war und er musste besonders darauf achten, sich vor dem Kontrollposten zu verstecken. Er trat aus dem Ashram und spürte die eiskalte Kälte, aber die Schönheit des Geländes, das eine weite Graslandschaft im Schoß herrlicher Berge beherbergte, ließ ihn alles andere als das Gefühl der Ehrfurcht vergessen. Mit ein paar Schritten beobachtete er das prächtige Bhagirathi-Massiv, das in Nebel und Nebel gehüllt war. Er begann auf dem Weg zu wandern, der allmählich enger wurde. Er hatte bereits beschlossen, den Kontrollposten am Gletscher zu überspringen, also ging er den Fluss entlang. Er plante, den Hauptpfad etwas früher zu verlassen und den Gletscher zu überqueren, wobei er eine größere Runde drehte, um das Kontrollpersonal unbewusst zu lassen. Der Weg war einfach bis zu dem Punkt, an dem er sich entschieden hatte, eine Ablenkung zu nehmen.

Während er die umgeleitete Route nahm, erkannte er, dass er nur auf der Grundlage von Informationen, die aus begrenzten Ressourcen gesammelt wurden, ein völlig unbekanntes Terrain betrat. Er war einen Moment lang ein wenig besorgt, aber er überredete sich, von seinem Plan überzeugt zu bleiben, indem er die Routendetails von der Karte erneut überprüfte. Er konzentrierte sich auf seine Fähigkeiten, sein Talent, seine Willenskraft und vor allem auf seinen unersättlichen Wunsch, sein Schicksal anzunehmen. Er stand eine Weile da und sprach ein kurzes Gebet zum Allmächtigen und seinem Großvater. Dann wandte er sich der umgeleiteten Route zu und wanderte weiter nach seinem Plan. Etwa zwei

Stunden später beobachtete er in einiger Entfernung einen kleinen Gletscherbach. Er war optimistisch über die Richtigkeit der von ihm gewählten Route.

Plötzlich beobachtete er, wie sich Wolken sammelten und es schien, als würde es regnen. Bhaskar drückte die Daumen und betete, um den Regen fernzuhalten. Er begann schnell zu laufen, weil er realisierte, dass die Navigation entlang eines Gletschers bei Regen selbst für Profis ein Albtraum sein würde, und er war ein Amateur, der zum ersten Mal im Gelände gestempelt hatte. Es machte ihm Sorgen. Das einzige, was Bhaskar positiv hielt, war, dass er die Richtung kannte, und er war sicher, dass er darauf aufmerksam geblieben war. Bhaskar ging zügig weiter, aber selbst nachdem er seit dem Morgen fünf Stunden ununterbrochen gelaufen war, befand er sich immer noch im Labyrinth des Gletschers. Der normale Weg von Bhojwasa nach Tapovan war sechs Kilometer lang und dauerte kaum drei Stunden, aber er hatte den Gletscher noch nicht überquert. Er spürte, wie sein Selbstvertrauen auf ein Allzeittief abfiel und ein Gefühl der Angst auf seinen Kopf fiel. Darüber hinaus ließ ihn das schwache Licht seinen Orientierungs- und Navigationssinn verlieren. Er versuchte, seinen Geist kühl zu halten und atmete ein paar Mal tief durch. Dann berechnete er seinen Weg noch einmal und ging weiter. Er tröstete sich immer wieder, dass er vielleicht den Weg verpasst hätte, aber er könnte immer noch einen Ausweg daraus finden. Er ging schnell und selbst nachdem er eine lange Strecke zurückgelegt hatte, war er immer noch im Labyrinth gefangen.

Er blieb stehen und schaute sich um; er spürte, wie sich die Landschaft allmählich bewegte. Zuerst hielt er es für eine Illusion. Aber sehr bald bekam er Angst, als er auf einer Moräne stand. Er spürte, wie ein tiefer Schauer seinen Körper zerriss. Er sammelte seine volle Kraft und bewegte sich mit Vorsicht, um eine ruhige Oberfläche zu erreichen. Seine Stirn rötete sich vor Schweiß, und er spürte, wie seine Kleidungsstücke von innen nass wurden.

Er begann sich in eine andere Richtung zu bewegen und fand ein Gebiet voller Felsbrocken und Felsen. Er hüpfte und versuchte, von dieser gruseligen Stelle der Gleitflächen wegzukommen. Plötzlich erkannte er, dass er eine Sackgasse des Tals erreicht hatte. Er konnte nicht vorankommen. An den drei Seiten gab es steile Anstiege. Er wurde hoffnungslos und erinnerte sich an die Geschichte von drei Jungen, die am Kontrollposten erzählt wurden. Er fühlte sich, als wäre er in ein unbemanntes Gefängnis geworfen worden. Er schaute sich um, aber die Vision schien in alle Richtungen des Tals fast ähnlich zu sein. Er war bereits körperlich erschöpft und jetzt hatten seine geistigen Fähigkeiten aufgehört, auch nur daran zu denken, eine Lösung zu finden. Er hatte solche Angst, dass er den Wunsch verlor, gegen Widrigkeiten zu kämpfen. Er ergab sich und akzeptierte, dass er erfolglos gewesen war. Er erkannte, dass er für ein paar Stunden kaum überleben würde, und jetzt hatte er weder Energie noch Mut, sich aus diesem Problem zu befreien.

Er erinnerte sich an seine Mutter und die tiefe Liebe, die sie immer auf ihn ausgoss. Er erinnerte sich an seinen Vater, der manchmal streng wirkte, sich aber immer um alle seine Bedürfnisse und Anforderungen kümmerte. Er fühlte sich, als würde er seine letzten Atemzüge machen. Es war das erste Mal, dass er die Knappheit von Sauerstoff in der Luft spürte. Er fühlte sich schwindlig und nahm die Unterstützung eines großen Felsens und tastete dann nach einem Felsbrocken, um darauf zu sitzen. Nach einer Weile fühlte er sich ein wenig besser und hob die linke Hand, um auf die Uhr zu schauen, die 16:30 Uhr zeigte. Bhaskar realisierte, dass er mehr als acht Stunden im Labyrinth gekämpft hatte.

Am Ende seines Verstandes erkannte er, dass er einen Fauxpas begangen hatte, indem er den Gletscher als ein gewöhnliches multikursales Puzzle beurteilte und somit die Handwerkskunst Gottes in Frage stellte. Er beging auch einen Fehler, indem er seine Anfängerfähigkeiten und Effizienz auf Augenhöhe mit denen erfahrener Fachleute überschätzte. Er empfand seine Existenz vor der Erschaffung der Natur als vernachlässigbar. Er begann, die Objekte der Natur wie Berge, Felsen, Himmel, Schnee, Luft und fast alles zu fühlen, um seinem schwachen Körper und seinem ursprünglichen Intellekt weit überlegen zu sein. Er schloss die Augen und akzeptierte seine Annäherung als anmaßend. Er betete zu Gott und entschuldigte sich dafür, dass er einen Eigendünkel gezüchtet hatte. Er begriff, dass sein Status im Universum vernachlässigbar war und seine spärliche Kompetenz den rätselhaften Geheimnissen der Natur nicht gewachsen war. Als letztes Mittel unterwarf er seine Existenz Gott.

Plötzlich hörte Bhaskar ein leises Geräusch einer unklaren Rezitation. Er hielt es für eine Halluzination. Er hörte wieder ein leises, aber robustes Geräusch, jemand rezitierte "Jay Shiv Shambhu". Er drehte seinen Kopf dem Geräusch zu und beobachtete einen Asketen, der von einem steilen Hügel herabstieg. Er konnte nicht glauben, dass eine Person einen so steilen Hügel mit einer Steigung von fast sechzig Grad mit solcher Leichtigkeit hinunterstieg.

Der Asket bewegte sich zügig und in einem rhythmischen Fluss. Er tanzte eher und näherte sich schnell, hielt einen Dreizack in der Hand. Der Asket war fast nackt, bis auf einen Lappen, der seine Genitalien bedeckte. Sein Körper war mit Asche beschmiert, seine verfilzten Dreadlocks waren lang genug, um seine Taille zu erreichen, und die verfilzten Locken seines Bartes erreichten seinen Nabel. Bhaskar war erstaunt, einen Mann zu sehen, der bei extremen Wetterbedingungen und Temperaturen unter dem Gefrierpunkt die Kontrolle über seine Sinne gewann.

Er kam in die Nähe von Bhaskar und hielt etwa einen Meter entfernt an. Bhaskar stand auf und begrüßte ihn mit gefalteten Händen, die bis zur Höhe seiner Stirn erhoben waren. Der Asket reagierte, indem er seine Hand hob und Glückseligkeit gestikulierte. Bhaskar bot dem Asketen an, sich auf den Stein zu setzen, und er hockte sich auf den Kieselboden. Ein kleines Lächeln erschien für einen Moment auf dem Gesicht des Asketen. Er übernahm Bhaskars Sitz.

Sobald Augenkontakt hergestellt war, spürte Bhaskar einen tiefen Schauer. Er hörte auf, direkt in die bernsteinfarbenen Katzenaugen des Asketen zu schauen.

Der Asket fragte: "Wo gehst du hin, Junge?"

Bhaskar antwortete: "Sire, ich war auf dem Weg nach Tapovan, dem König den ganzen Weg von Gangotri entfernt, verirrte mich aber und streifte so mehr als neun Stunden innerhalb des Gletschers. Ich habe nicht nur den Weg zu meinem Ziel verloren, sondern bin auch im Eisnetz gefangen. Du bist erschienen, als ob Gott dich zu mir gesandt hat."

Der Asket lachte ausgelassen, und Bhaskar fühlte sich, als würde das ganze Tal mit ihm lachen.

Der Asket sprach dann mit sehr schwerer Stimme. „Gott hat ernstere Aufgaben zu bewältigen. Du kannst dich nicht verirren, bis du nicht auf deinen Wunsch verzichtest, das Ziel zu erreichen."

Bhaskar war sehr glücklich, den Asketen zu treffen, als er einen Hoffnungsstrahl sah, um aus diesem eisigen Labyrinth herauszukommen. Bhaskar sagte: "Sire, könntest du mich bitte führen, um meinen aktuellen Standort zu finden?"

Der Asket fragte: "Kind, wie bist du hierher gekommen?"

Bhaskar antwortete: "Sire, ich hatte vor, den Gletscher alleine zu befahren und habe den Weg verloren."

Der Asket lächelte und sagte: „Was denkst du, wo bist du?"

Bhaskar antwortete: "Ich glaube, ich bin noch in der Nähe des Gletschers."

Der Asket antwortete: "Fern und nah sind relative Begriffe, die je nach Situation mehrere Bedeutungen haben. Ihre Bedeutungen ändern sich ständig. Ich kann sagen, dass der Mond nahe ist, aber die Sonne ist weit weg."

Bhaskar hatte bereits genügend Informationen über die Verhaltensweisen und Stile von Weisen, Einsiedlern und Asketen aus den Geschichten seiner Mutter. Er erinnerte sich daran, was seine Mutter ihm über die Asketen der Aghori erzählte. Sie sagte ihm, dass *"Aghori Asketen göttliche Kräfte besitzen, aber sie präsentieren sich mit einem makabren Aussehen und wütenden Reaktionen."* Also, ohne auch nur ein bisschen gereizt zu werden, nickte er weiterhin bejahend mit dem Kopf und hielt seine gefalteten Hände zusammen.

Der Asket fuhr fort: „Dies ist eine vergängliche Eigenschaft, die Menschen von anderen Kreaturen unterscheidet. Obwohl sie wissen, dass solche Informationen nutzlos sind, um die Umstände zu ändern, sehnen sich die Menschen danach, immer mehr Informationen zu erhalten und einfach einen Haufen Unsinn zu machen. Denken Sie darüber nach, was sich ändern wird, wenn Sie erfahren, dass Ihr Ziel eine halbe Meile entfernt ist? Anstatt die Entfernungsmessung zu erhalten, sollten Sie sich eher bemühen, zu bestätigen, ob Sie auf dem richtigen Weg sind."

Bhaskar schüttelte den Kopf und sagte: "Ja, Sire."

Der Asket schien mit ihm zufrieden zu sein und sagte: „Seine Etikette und sein Anstand weisen eine Erblinie auf; jedoch versäumen es viele, ihr Erbe zu rechtfertigen, da sie Erbe als eine Angelegenheit der Vergangenheit betrachten und Vergangenheit für sie Obsoleszenz bedeutet. Aber so ist es nicht. Die Gegenwart ist wie der Stamm eines Baumes, die Zukunft kann durch Laub, Blumen, Früchte und andere

Gaben dargestellt werden. Die Wurzeln des Baumes sind die Bande der Vergangenheit, jedoch nicht sichtbar, aber wichtig für die Stärke der Gegenwart und die Lukrativität der Zukunft."

Bhaskar sagte: „Ja, Sire, ich glaube fest an die Bedeutung der Vergangenheit in unserer Gegenwart. Deshalb bin ich hier, um nach den Enden einiger loser Fäden der Vergangenheit zu suchen, die auf Zeichen der Zukunft hinweisen."

Der Asket lächelte. „Zeichen und Symbole sind nicht leicht zu verstehen. Menschen auf der ganzen Welt sprechen Tausende von Sprachen. Alle von ihnen haben unterschiedliche Symbole, unterschiedliche Zeichen und unterschiedliche Systeme. Aber die souveräne Macht verwendet ein völlig anderes Kommunikationssystem. Dies ist das höchste System, das keine Sprache, keine sensorischen Fähigkeiten oder andere wünschenswerte Anforderungen benötigt. Es ist universell für jeden geeignet."

Bhaskar fühlte sich jetzt mit dem Asketen wohl, also fügte er hinzu: "Ja, Sire, ich denke, Sie beziehen sich auf die psychische Einheit der Menschheit."

Der Asket lächelte auf mysteriöse Weise. Bhaskar hatte das Gefühl, dass das Lächeln des Asketen ihn verspotten sollte. Der Asket wurde jetzt ein wenig ernst und sagte: „Die psychische Einheit erzählt uns von den Merkmalen, die einer Gruppe gemeinsam sind, eine Art instinktive Reaktion, die allen gemeinsam ist. Ich spreche über die Methode, die Gott verwendet, um mit jedem zu kommunizieren. Auch du suchst nur nach der Bedeutung desselben."

Bhaskar war ein wenig verwirrt. Er antwortete: „Ich, Sire? Was?"

Der Asket antwortete gnädig: "Träume sind das Mittel der Kommunikation Gottes."

Bhaskars Augen weiteten sich und sein Mund öffnete sich überrascht. Er wollte sprechen, stammelte aber: „Ja, Sire. Wie ... hast ... du ... es gewusst? Genau, es ist ein Traum, der mich hierher gebracht hat."

Der Asket lachte und sagte: „Ein Traum ist nur ein Traum für Narren. Wenn du erst einmal wach bist, kannst du keine Träume mehr haben. Aber kluge Menschen lassen ihre Träume nicht nachlassen. Sie verwandeln ihre Träume in Gedanken in ihrer eigenen Sprache, weil Gott dir nur Träume gibt und keine Gedanken oder Ideen, die auf eine Sprache beschränkt sind."

Bhaskar zitterte vor Aufregung und einem Ausbruch von Emotionen. Er sagte: „Sire, woher weißt du von meinem Traum? Bitte sagen Sie mir, was es wirklich bedeutet und welchen Zweck es hat."

Der Asket lächelte und legte seine rechte Hand auf Bhaskars Kopf und sagte: „Deine Träume sind Gottes Kommunikation mit dir, die speziell für dich entworfen und entwickelt wurde. Niemand kann Träume verschleiern, da sie die Menschen dazu bringen, ihre wahren Eigenschaften zu verwirklichen. Vor Gott sind alle gleich, und es hängt von der Affinität des Einzelnen zu Gott ab, wie klar man seine Sprache verstehen kann. Träume offenbaren das wahre Selbst ohne Künstlichkeit, Anmaßung oder Prahlerei. Ein böser Mensch kann andere täuschen, indem er die Roben eines Weisen trägt, aber er kann nicht die Träume eines Weisen haben."

Bhaskar fragte den Asketen demütig: "Sire, bitte enthülle die Wahrheit meines Traums."

Der Asket antwortete: "Kind, du bittest mich zu essen, um deinen Hunger zu stillen. Ist das möglich? Wenn Sie beginnen, die Fähigkeit zu erlangen, die Schmerzen einer Reise zu genießen, um Ihr Ziel zu erreichen, und beginnen, den Weg nur als eine Verlängerung des Ziels zu empfinden;

wenn der Weg und das Ziel nicht zwei getrennte Einheiten bleiben; wenn Sie beginnen, das Gefühl zu haben, dass Ihr Weg und Ihr Ziel assimiliert und vereint wurden, sollten Sie sicher sein, dass Sie auf dem richtigen Weg sind. Wenige Dinge werden einem Individuum zugeschrieben, während viele verdient werden müssen. Das Erreichen des Schicksals kann dein Leben nicht verlängern, aber es macht deine Handlungen unsterblich. Dies ist deine Reise, um Gottes Motiv hinter der Botschaft zu suchen, die du erhalten hast. Sei geduldig und bemühe dich ehrlich."

Bhaskar schwieg. Eine tiefe Bedrängnis und Enttäuschung waren auf seinem Gesicht sichtbar.

Der Asket holte tief Luft, stand auf, trat zurück und blieb dann stehen. Er drehte sich um und sagte: „Denken Sie daran, wenn eine Mutter nur sechs Monate nach der Empfängnis die Geduld verliert, ihr Kind zu treffen und ein Frühgeborenes zur Welt bringt. War ihre Entscheidung angemessen und weise?"

Bhaskar schwieg, stand aber auf und ging zum Asketen. Um Ehrfurcht zu zeigen, legte er den Kopf auf die nackten Füße des Asketen.

Der Asket zog weg und sagte: „Überquere den Aufstieg vor dir, das ist das Einzige, was zwischen dir und dem Ort liegt, den du jetzt besuchen musst. Möge Lord Shiva dich segnen."

Bhaskar beobachtete, wie der Asket wegging, bis er sich beim Abstieg verirrte. Er war immer noch fasziniert von der Erscheinung des Asketen, der ihm eine Auferstehung verliehen hatte.

Der Alchemist

Hdann ging es auf den Aufstieg zu und begann vorsichtig durch lose Felsen zu klettern, da es zu steil war. Innerhalb weniger Minuten beendete er den Aufstieg und sah ein flaches Stück Land mit wenig Vegetation. Er ahnte, dass er Tapovan erreicht hatte. Er fühlte sich ekstatisch. Er rannte auf die Wiese zu, blieb aber nach einer Weile stehen. Er suchte nach dem Ashram, aber er bemerkte keine Spuren einer gebauten Struktur. Er war entsetzt, als er sich im Niemandsland wiederfand. Er schaute sich um, konnte aber nichts sehen. Er wusste mit Sicherheit, dass der Ashram in Tapovan eine ziemlich große Einrichtung hatte. Er war bestürzt und begann vorwärts zu gehen. Der Himmel war den ganzen Tag über bewölkt gewesen und das Tageslicht nahm jetzt ziemlich schnell ab. Er war so verzweifelt, dass er weinen wollte.

Er wiederholte sein Gespräch mit dem Asketen, der bestätigt hatte, dass sein Ziel nur über den Aufstieg war. Bhaskar dachte: "Kann ein Asket lügen?" Dann erinnerte er sich, dass der Asket andere Wörter verwendet hatte. Er bemühte sich, sich an die genaue Behauptung des Asketen zu erinnern.

Bhaskar versuchte sich an das Gespräch zu erinnern, als ihm eine weitere Trübsal in Form von Regen vom Himmel zugefügt wurde. Er erkannte, dass die Natur in der Stimmung war, den Grad seiner Prüfungen zu verschlimmern. Er hielt es nicht für ein gutes Omen für ihn, da er keinen Poncho oder Regenmantel hatte. Er vergaß den Asketen und die Realität, dass es seine letzte Nacht sein würde, wenn er in dieser schweren knochenkalten Kälte nass würde. Er rannte los, um Unterschlupf zu finden.

Aus heiterem Himmel sah er ein schwaches Licht aus der Ferne, und er sprintete darauf zu. Er griff in einem Trikot in die Nähe der Quelle und bemerkte einen bunkerartigen, niedrig gelegenen Unterstand aus Steinen, der ihn an die Häuser der Urzeit erinnerte. Der Eingang war mit einem Tierfell bedeckt.

Er schrie: "Ist jemand drin?" Er bekam eine schnelle Antwort: "Komm rein."

Bhaskar ging hinein und fand einen sehr alten Mann, der drinnen saß, in der Nähe eines kleinen Kamins, der mit Hilfe von Kieselsteinen gemacht wurde. Bhaskar vermutete, dass der alte Mann mehr als achtzig Jahre alt sein musste. Der Raum war ziemlich warm, und Bhaskar fühlte sich, als hätte er eine himmlische Wohnung erreicht. Bhaskar schaute sich im ganzen Raum um und sah einen dicken Teppich aus Lumpen auf dem Boden und einen niedrigen Holzhocker. In der Ecke befand sich eine Holzkiste, auf der eine mit Öl gefüllte Glasflasche als Lampe platziert war.

Der alte Mann sagte: "Nimm den Hocker und setz dich neben das Feuer." Bhaskar gehorchte ihm mechanisch.

Bhaskar fragte ihn: "Wer sind Sie, Sir, und was machen Sie hier in dieser kalten Wüste?"

Bhaskar bemerkte deutlich, dass sich die Falten auf dem Gesicht des alten Mannes heben würden , wenn er lächelte . Der alte Mann sagte: "Gemäß der Tradition der Gastfreundschaft hätte ich dir diese Frage stellen sollen."

Bhaskar antwortete: „Sir, mein Name ist Bhaskar. Ich komme aus einem kleinen Dorf in Madhya Pradesh. Ich war auf dem Weg nach Tapovan, habe mich aber verirrt und bin hierher gekommen."

Der alte Mann sagte: „Ja, das kann ich verstehen, denn nur wer sich verirrt hat oder ohne Ziel unterwegs ist, kommt hierher."

Bhaskar sagte: "Weiß niemand von diesem Ort?"

"Niemand kennt diesen Ort, die Leute haben nur Verwirrung über das Wissen", sagte der alte Mann.

Bhaskar konnte es nicht klar verstehen. Er beobachtete, dass der Mann begann, seine linke Hand hinter einem kleinen Haufen Kieselsteine zu drehen, und nachdem er sich ein wenig zu seiner Linken beugte und seinen Hals streckte, sah Bhaskar ein handbetätigtes Luftgebläse, das die Kohlen auffackelte, und ein feuerrotes, kugelähnliches Ding zwischen den Kohlen. "Sir, heizen Sie etwas auf."

Die Augen des alten Mannes schrumpften und er sagte: "Junge, du scheinst ebenso naiv wie ein ungeschulter Junge zu sein."

Bhaskar fühlte sich gedemütigt, sagte aber nichts.

Der alte Mann sagte: „Die Ausdrücke der Demütigung auf deinem Gesicht sagen, dass du ein gut ausgebildeter Junge bist, und du willst meine Worte widerlegen und widerstehen, aber die Umstände haben dich zum Schweigen gebracht, da du die Person, die dir Schutz bei schrecklichem Wetter an diesem trostlosen Ort gegeben hat, nicht ärgern kannst. Habe ich recht?"

Bhaskar stammelte, während er sprach, und sagte: "Nein, Sir, so etwas gibt es nicht."

Der alte Mann lächelte breit und sagte: "Du bist sicher naiv."

Bhaskar antwortete nicht.

Der alte Mann sagte: "Ein männlicher Junge mit großer Energie und Stärke wie du kann diesen jahrhundertealten

Mann als Antwort auf meine unverschämten Bemerkungen aus diesem Ort werfen."

Bhaskar sagte: "Nein, Sir, daran kann ich nicht einmal denken, Sie haben sich als Retter für mich erwiesen."

Der alte Mann sagte: „Sogar ein Baby kann verstehen, dass, wenn etwas in Brand gesteckt wird, der Zweck darin bestehen muss, es zu erhitzen. Vielleicht möchten Sie wissen, was ich heize? Nicht wahr?"

"Ja, Sir, ich meinte dasselbe", sagte Bhaskar mit einem Lächeln.

Der alte Mann sagte: „Du bist ein anständiger Junge, also brauche ich nicht zu lügen. Ich mache Gold."

Bhaskar war nicht überrascht, vielmehr strahlte sein Gesicht vor Glück. Er sagte: "Okay, Sir, ich habe es verstanden."

„Deine Reaktion scheint nicht normal zu sein. Die meisten Leute wären entweder schockiert, oder sie hätten mich für einen Verrückten gehalten ", sagte der alte Mann.

Bhaskar sagte: "Sir, ich bin sicher, dass Sie die Wahrheit sagen."

Der alte Mann sagte: "Wie kannst du so sicher sein?"

Bhaskar antwortete: "Weil deine Holzkiste ein Klon von der meines Großvaters mit dem gleichen Etikett von 'Shree Laxmi Narayan' in identischer Gravur ist. Die Leute sagen, er war auch Alchemist."

Der Alchemist zuckte mit den Augen, schmollte mit den Lippen und schwieg eine Weile. Dann sagte er mit einem Lächeln: „So weißt du also, was ein Alchemist ist. Wie heißt dein Großvater?"

"Acharya Pushkar Dixit", antwortete Bhaskar.

"Ich habe ihn nie getroffen, aber ich spüre eine Art Bekanntschaft mit seinem Namen. Wenn er eine solche Kiste besaß, bedeutet das, dass er auch Mitglied der Alchemistengesellschaft war. Ein Alchemist muss einige Verantwortlichkeiten übernehmen und es wird erwartet, dass er einigen Einschränkungen folgt. Diese Welt ist verrückt nach Gold und Menschen können andere töten oder von anderen um dieses Edelmetalls willen getötet werden ", sagte der Alchemist.

Bhaskar nickte, um zu zeigen, dass er der Aussage zustimmte.

Der Alchemist fuhr fort: „Seit jeher ist die Geschichte voller Ereignisse, die die Versuchung der Menschen nach Gold widerspiegeln. Es gab viele Metalle, die wertvoller waren als Gold, aber keinem von ihnen gelang es, Gold durch den Titel des wertvollsten Metalls zu ersetzen. Gold ist wertvoll für seine Knappheit, für seine Trägheit, für seine Einzigartigkeit und für den äußeren Wert, den Menschen ihm hinzufügen. Gold ist das einzige Element auf der Erde, das jahrhundertelang unberührt bleibt."

Bhaskar sagte: "Ja, Sir, ich habe auch von den medizinischen Eigenschaften von Gold gehört."

Der Alchemist sagte: „Aufgrund all dieser Eigenschaften ist Gold zu einem Schwerpunkt des menschlichen Ansturms geworden. Aus diesem Grund wird von Alchemisten erwartet, dass sie besondere Sorgfalt walten lassen, damit sie die Harmonie der Gesellschaft nicht beeinträchtigen."

Während er sprach, hielt der Alchemist abrupt inne und sagte dann: „Tut mir leid, Junge, ich habe vergessen, dir etwas zu essen anzubieten. Du musst erschöpft und hungrig sein. Allerdings kann ich euch hier nicht mit regelmäßigem Essen versorgen, aber ich kann den Zweck erfüllen für das, was die Leute essen. Du gibst mir einfach diese Tasche." Der Alchemist zeigte auf eine Ecke.

Bhaskar saß weiter und streckte seinen Körper und seine Hand aus, um bis zur Ecke zu reichen, versuchte, die Tasche aufzuheben, fühlte aber, dass die Tasche zu schwer war, um sie mit einer solchen Haltung anzuheben. Also stand er auf, hob den Beutel hoch und übergab ihn dem Alchemisten.

Der Alchemist sagte mit einem freundlichen Lächeln: „Die ganze Welt leidet unter dem gleichen Problem—wenn Sie nicht in der Lage sind, etwas zu tun, bedeutet das nicht, dass Sie nicht in der Lage sind, Sie müssen vielmehr Ihre Position ändern. Eine Person, die auf einem Plateau steht, kann denken, dass ein flacher Boden ein Graben ist, und eine Person am Boden eines Grabens kann den gleichen Boden als ein Plateau betrachten. Beides ist jedoch falsch. Erst wenn sie den Boden erreicht haben, erkennen sie die Wahrheit."

Dann nahm der Alchemist einige Flaschen aus seiner Tasche und zog einen Löffel Pulver aus einer der Flaschen. Er legte es auf Bhaskars Handfläche und bat ihn, es mit Wasser zu nehmen. Bhaskar nahm das Pulver. Der Alchemist bot ihm dann einen halben Löffel Pulver aus einer anderen Flasche an. Bhaskar nahm es auch.

Nach ein paar Minuten schwärmte Bhaskar von der Wirkung der Pulver, die er eingenommen hatte. Er sagte: „Sie sind magisch. Ich habe über Zaubertränke in Comics gelesen. Aber es gibt sie wirklich, in Pulverform. Ich habe das Gefühl, dass ich genug Energie habe, um Home Running zu erreichen, und als hätte ich vor ein paar Minuten eine erfüllende Mahlzeit zu mir genommen. Was sind das für Pulver? Diese Pulver können die Welt revolutionieren und den medizinischen Wissenschaften ein neues Leben einhauchen."

Der Alchemist wurde ernst und sagte: „Sie sind magisch, weil sie unbekannt sind. Sie sind weder selten noch häufig. Sie müssen vom Boden des Grabens aufsteigen und vom Plateau absteigen, um die Realität zu erkennen. Wir haben alle die Geschichte eines Bauern gehört, der eine Kuh aufgezogen hat. Er war sehr an seine Kuh gebunden und kümmerte sich sehr um sie, pflegte ihr gutes Essen zu geben, pflegte sie zum nahe gelegenen Fluss zu bringen, um jeden Tag zu baden. Nach einiger Zeit gebar seine Kuh ein Kalb, das sehr schwach war. Er beschloss, sich auch gut um das Kalb zu kümmern. Es war der erste Tag der Geburt des Kalbes und er musste die Kuh zum Fluss bringen. Er fand es nicht angemessen, die Kuh allein zum Fluss zu bringen und das Kalb zurückzulassen. Die Entfernung zum Fluss war lang und das Kalb schwach. Dann kam ihm eine Idee, und er nahm das Kalb in den Schoß und nahm es mit der Kuh zum Fluss und brachte es auf die gleiche Weise zurück. Jetzt ist es zu seiner täglichen Routine geworden. Nach einigen Monaten war das Kalb gesund geworden, und sein Gewicht hatte sich vervielfacht. Aber der Bauer konnte das Kalb problemlos heben. Nach einigen Jahren wuchs das Kalb zu einem gesunden und riesigen Stier heran und wog mehrere Zentner. Aber der Bauer war immer noch in der Lage, diesen riesigen Stier leicht zu heben. Einige Leute hielten es für ein Wunder, einige hielten es für die Wirkung eines Zaubertranks, und einige hielten den Bauern für einen Praktiker des Okkulten. Es gibt keine Magie in der Welt, die vom Allmächtigen geschaffen wurde. Unsere Unwissenheit und die Angst vor dem Unbekannten erzeugen Magie. Die Magie liegt in unserer Position, die Aussicht zu haben und sonst nichts."

Bhaskar sagte: „Ja, Sir, Sie haben recht. Was ich sagen wollte, war, dass das Wissen über die Inhaltsstoffe dieser Pulver für die Menschheit von Vorteil sein kann."

Eine Ecke der Lippen des Alchemisten schräg, sagte er: "Die Menschheit ist ein anspruchsvoller Begriff für eine große Population von Kunden und Wissen ist nur eine Information über das Rezept für die Herstellung eines gefragten Produkts."

Bhaskar war schockiert über die Abgrenzung der bitteren Wahrheit der Gesellschaft, die sich hauptsächlich auf finanzielle Gewinne konzentrierte.

Bhaskar wollte etwas sagen, aber der Alchemist fuhr fort: „Daher ist es besser, die Welt wie gewohnt gehen zu lassen, während sie sich mit dem Pfeil der Zeit bewegt. Hast du jemals darüber nachgedacht, warum Lord Vishnu als Rama oder Krishna inkarniert ist? Er hätte die Existenz von Ravana oder Kansa in einem Moment mit seiner ewigen und höchsten Macht ausrotten können. Aber Gott bot die Lösung für die weltlichen Probleme gemäß den Wegen der Welt an, die Er erschuf, und stellte die Geschäftsregeln auf, um die Welt in Bewegung zu setzen. Eigentlich ist Magie nichts anderes als Wissen, das nur sehr wenigen bekannt ist. Also ist es besser, die Magie nur magisch bleiben zu lassen. Jemand, der mit einigen besonderen Privilegien, Mächten oder Kenntnissen ausgestattet ist, ist verpflichtet, den ewigen Regeln zu folgen. Die Richtung des Zeitpfeils, in dem sich das Universum bewegt, ist von der Ordnung zum Chaos. Der Grad, in dem die Ordnung in einem bestimmten Zeitraum zum Chaos verzerrt wird, ist für jeden unterschiedlich. Im menschlichen Kontext heißt es Leben."

Bhaskar war völlig still und hörte dem Alchemisten mit tiefer Faszination zu.

Der Alchemist zog dann ein Notizbuch aus seiner Tasche und übergab es Bhaskar und sagte: "Öffne es und lies die erste Seite, die den Eid eines Alchemisten enthält."

Bhaskar durchlief den Eid, der lautet:

Ich schwöre im Namen von Shri Laxmi Narayan, dass ich den von Shri Nagarjun gegründeten Vorstellungen von Ras Vidya und dem von der Apex-Gesellschaft festgelegten Kodex der Alchemisten wahren und die Vertraulichkeit und Integrität des Zweigs auch auf Kosten meines Lebens wahren werde.

Ich verspreche, dass ich niemals

- *Enthülle das Geheimnis der Alchemie jemand anderem als meinem getauften Jünger.*
- *Zeige es meinem getauften Jünger, bis er ein Alter von dreißig Jahren erreicht hat.*
- *Zeige es meinem getauften Jünger, bis er alle zehn Reinigungsmethoden beherrscht.*
- *Zeige es meinem getauften Jünger, bis er feierlich geschworen/den Eid abgelegt hat.*
- *Zeigen Sie die Methode öffentlich oder vor jemand anderem als meinem Schüler.*
- *Machen Sie Gold für meinen persönlichen Gebrauch oder für meine Familie.*

Ein Alchemist kann Gold in der angegebenen Menge nur für die folgenden Zwecke herstellen:

- *Die Methode einem getauften Jünger im Alter von über dreißig Jahren zu demonstrieren. (Bis zur Hälfte Tola)*
- *Helfen Sie dem Staat im Falle eines Krieges/einer Epidemie. (Bis zu elf ser)*
- *Um den Rebellen eines Staates zu helfen, für gewaltfreien Widerstand, dessen Staat von ausländischen Invasoren beschlagnahmt wird. (Bis zu elf ser)*
- *Um den Armen und Bedürftigen zu helfen. (Bis zu einer Tola)*

- *Jemandem im Falle der Entführung seiner Frau/Kinder zu helfen. (Nach Ermessen)*
- *Um einem Wunderkind zu helfen, seine Karriere fortzusetzen, wenn das Wunderkind den Test qualifiziert. (Bis zu sieben ser)*

Bhaskar schloss das Notizbuch und gab es dem Alchemisten zurück, der es zurücknahm und in seiner Tasche aufbewahrte.

Mit einem Seufzer sagte der Alchemist: „Aber wir vergessen und fallen. Die Versuchung von Reichtum und Status lässt viele bis zu einem unergründlichen Grad degenerieren. Aber denken Sie immer daran, dass die Menschen, die im Leben keine Prüfungen oder Bedrängnisse durchmachen, entweder Deserteure oder Abtrünnige sind."

„Heißt das also, dass Menschen, die glücklich sind, notwendigerweise Übertreter sind?", fragte Bhaskar.

Der Alchemist lachte kurz über seine unschuldige Frage und sagte: "Die Antwort kann ja oder nein sein, und es hängt von deiner Wahrnehmung des Glücks ab."

Er hielt eine Weile inne und fragte dann Bhaskar: „Alle Geschichten, die du seit deiner Kindheit gehört hast, handeln immer von den Prüfungen, Drangsalen und Torturen legendärer Figuren und großartiger Menschen. Warum ist das so? Im Gegenteil, die Bösen genießen während der gesamten Geschichte ihre Sinnesfreuden und werden erst am Ende getötet. Haben Sie jemals darüber nachgedacht? Wer ist glücklich? Einer, der die Härten durchmachte oder derjenige, der die weltlichen Freuden genoss? Vergleichen Sie das Leben eines Asketen, der in freier Wildbahn ohne grundlegende Annehmlichkeiten lebt, mit dem einer Person, die in einem großen Herrenhaus in einer Stadt mit all den fortschrittlichen Einrichtungen lebt. Wer ist glücklich? Die Antwort kann für zwei Personen unterschiedlich sein, wenn sie unterschiedliche Wahrnehmungen haben."

Bhaskar sagte mit vollem Respekt: „Sir, es ist wahr, dass die eigene Wahrnehmung die Art und Weise verändert, wie man einen bestimmten Aspekt betrachtet. Aber gibt es so etwas wie absolute Wahrnehmung? Gibt es eine Definition von absolutem Glück?"

"Auf jeden Fall, ja. Die Realität braucht keine Wahrnehmung, um erklärt zu werden. Was wie eine körperliche oder emotionale Folter aussieht, kann eine Buße sein, um den Pfeil der Zeit umzukehren, damit eine Seele vom Chaos zur Ordnung gelangen kann. Um Absolutheit zu erfahren, muss man diese illusorische Welt transzendieren. Wenn wir im Zusammenhang mit weltlichen Dingen sprechen, dann ist es absolutes Glück, den Zustand des Lebens zu genießen. In ähnlicher Weise ist die Entwicklung Ihrer Sinne, um die Realität zu identifizieren, ein Zustand der absoluten Wahrnehmung. Aber es erfordert strenge Disziplin und Übung ", antwortete der Alchemist.

Bhaskar war tief beeindruckt von dem maßgeblichen Kommando des Mannes über verschiedene Themen, und vor allem war er Alchemist. Der Aufenthalt eines so großen Gelehrten in freier Wildbahn unter primitiven Bedingungen ohne Ehrgeiz für materialistische Leistungen erfüllte sein Herz mit Ehrfurcht vor ihm. Er sagte: „Sir, Sie sind ein großer Gewinn für die Gesellschaft. Warum bleibst du hier an einem so verlassenen Ort?"

Der Alchemist lächelte und sagte: „Weil ich Gott meine Schuld dafür ausspreche, dass er mir ein Leben geschenkt hat, das auch in diesem unfruchtbaren Land unverändert bleibt. Ich brauche nichts anderes."

Bhaskar stand auf, berührte die Füße des Alchemisten und sagte: „Es ist Gottes Gnade, dass ich diese Gelegenheit bekam, einen großen Gelehrten und Heiligen wie dich zu treffen. Ich habe Glück."

Der Alchemist segnete ihn, indem er seine rechte Hand auf Bhaskars Kopf legte und sagte: „Hör gut zu. Das Letzte, was ich Ihnen sagen muss, ist, dass es nichts wie eine schlechte Situation oder eine gute Situation in der Welt gibt. Es ist Ihre Wahrnehmung des Ergebnisses der Ereignisse, die es gut oder schlecht macht. Wahrnehmung ist das Ergebnis deines Vertrauens und deines Vertrauens in Gott. Wann immer du eine Situation findest, die dir schlecht erscheint, bemühe dich, deine Wahrnehmung der Situation zu ändern, und du kannst mit deinen Fähigkeiten und der Gnade Gottes leicht damit umgehen. Diese beiden bleiben immer bei Ihnen, aber denken Sie daran, dass nur das Denken nichts bewirkt, Sie müssen entsprechend handeln. Pläne, die auf Papier gemacht werden, funktionieren nie, ihre Ausführung bringt Ergebnisse und dann werden Sie feststellen, dass kein Problem der Welt außerhalb Ihrer Kontrolle liegt."

Dann stand er auf und nahm zwei sehr dünne Decken aus der Holzkiste und gab Bhaskar eine davon und sagte: „Kind, du solltest dich jetzt ausruhen. Du kannst hier auf dieser Seite des Kamins schlafen."

Bhaskar nahm die Decke und fand sie sehr dünn wie ein Bettlaken, aber es war ziemlich warm. Dann nahm der Mann ein paar rote Kohlen und legte sie draußen, gleich neben dem Eingang, bedeckte diese Kohlen mit Asche und sagte: "Diese Kohlen werden Raubtiere von uns fernhalten." Dann erreichte der Alchemist seinen Schlafplatz und schaltete die Lampe aus. Bald darauf schliefen sie ein.

Die Nemesis Zähmen

Bhaskar ist an einem schönen Morgen aufgewacht. Die Sonne strahlte vor Herrlichkeit. Er schaute auf seine Uhr und stellte fest, dass er bis 9 Uhr schlief. Er stand in Eile auf und erinnerte sich dann an den Vorfall von gestern Abend. Er suchte nach dem Alchemisten, aber er war nicht da, also eilte er nach draußen und schaute sich um. Er fand den Mann nirgendwo.

Plötzlich erinnerte er sich an etwas und ging schnell hinein. Es gab keine Kisten an der Stelle; nur der kieselige Kamin war da mit einigen Anzeichen von Feuer. Er bemerkte ein Stück Papier, das mit einem kleinen Kieselstein und einem kleinen Stück Gold beschwert war.

Er hob das Papier auf, auf dem stand:

Mir gefiel die Idee nicht, dich im Tiefschlaf zu stören, und mein Pony hatte es eilig. Bewahren Sie das Stück Metall bei sich auf und bewahren Sie es für eine Weile sicher auf. Es kann sich in deiner Welt als Wunder erweisen, da es deine Freunde in Feinde verwandeln kann und in ähnlicher Weise deine Feinde dazu bringen kann, dich wie Freunde zu behandeln. Der Glanz dieses Metalls ist so verlockend, dass Sie leicht Gunst gewinnen können, auch von Fremden, aber halten Sie sich von seiner verführerischen Inbrunst fern. Genieße den Zustand des Lebens und suche dein Schicksal. Wirklich, das Leben ist eine Gelegenheit, das Schicksal zu erreichen.

Schließlich ist es ganz normal, ein paar Fragen unbeantwortet zu lassen, und manchmal ist es unerlässlich.

Der Alchemist

Bhaskar war völlig verwirrt. Eine Vielzahl von Gedanken und Fragen ging ihm durch den Kopf. Er konnte nicht denken. In der Zwischenzeit las er die letzte Zeile der Botschaft des Alchemisten noch einmal vor: *„Es ist ganz normal, ein paar Fragen unbeantwortet zu lassen, und manchmal ist es unerlässlich."*

Er faltete die Decke und behielt sie in seiner Tasche. Er wickelte das Goldstück in Papier und steckte es in eine seiner Socken. Er ging auf seiner Reise mit und fand sehr bald einen steilen Abstieg. Plötzlich beobachtete er eine kleine Wiese mit ein paar Zelten, die in einiger Entfernung lagerten. Der Anblick erfüllte ihn mit Freude und Hoffnung. Er begann langsam und vorsichtig abzusteigen. Nach einer Weile griff er sicher nach unten. Dann rückte er in Richtung des Campingplatzes vor. Innerhalb einer halben Stunde war er dort. Er schrie nach jemandem, der ihm antwortete. Er spürte etwas Aktivität im Zelt, also wartete er darauf, dass jemand herauskam.

Ein Mann kam aus dem Zelt und zeigte sich überrascht. Er fragte Bhaskar, ob er für die Bergsteiger-Expedition gekommen sei. Bhaskar sagte ihm, dass er sich verirrt habe und Tapovan erreichen wolle. Der Mann bot ihm eine Tasse Kaffee an und führte ihn auf dem Weg nach Tapovan. Bhaskar fühlte sich nach dem Kaffee energetisch und erleichtert, als er den Ort seines Ziels kannte.

Er dankte dem Mann und ging zu Tapovan. Er dachte an die letzten zwei Tage, die für ihn sehr phänomenal gewesen waren. Er ging etwa drei Stunden lang durch Bäche, Felsbrocken und lose Felsen, als er einen steilen Anstieg sah. Er fühlte sich müde, also machte er eine Pause. Er legte seine Tasche auf den Boden und setzte sich auf einen Felsen. Er schloss die Augen, um sich zu entspannen.

Plötzlich hörte er ein Geräusch von Gesprächen. Er schaute in die Richtung und fand vier Personen, die von oben herabstiegen. Er beobachtete, dass zwei von ihnen Gewehre auf dem Rücken hingen. Angst ergriff sein Herz beim

Anblick von Männern mit Gewehren. Bhaskar wollte sich vor ihren Augen verstecken, aber das war nicht möglich, weil sie nicht weit weg waren und es keinen Ort gab, an dem sie sich verstecken konnten.

Bhaskar saß weiter da und hielt ihnen den Rücken zu. Er trug bereits eine Sturmhaube und jetzt trug er auch noch seine Sonnenbrille. Die Männer kamen bald herab, und sie erblickten ihn, als er mitten auf ihrem Weg saß. Sie kamen zu ihm und einer von ihnen, der ein Halfter mit einer Pistole trug, fragte: "Wohin gehst du?"

Bhaskar antwortete, ohne sein Gesicht ihnen zuzuwenden: "Tapovan."

Der Mann bat ihn, seine Erlaubnis zu zeigen. Bhaskar bekam Angst und bewegte sich auf seine Tasche zu. Er griff nach der Tasche und sah aus, als ob er versuchte, seine Erlaubnis zu finden.

Plötzlich kam der Mann mit dem Revolver zu ihm, erwischte ihn mit dem Hals und sagte: "Brauchen Sie Hilfe bei der Suche nach der Genehmigung, Herr Bhaskar Dixit."

Bhaskar fühlte sich, als wäre er unter einem schweren Felsen begraben worden. Er war entsetzt und wollte diesen Leuten zu Füßen fallen und betteln, ihn zu verschonen. In diesem Moment erinnerte er sich an die Worte des Alchemisten, dass die Fähigkeiten und das Wissen eines Mannes nur funktionieren, solange er sein Vertrauen und seine Geduld bewahrt. *Wenn du das schaffst, kannst du Wunder erwarten.* Bhaskar beschloss, eine Chance auf die Lektion des Alchemisten zu nehmen.

Er kam schnell mit einem Plan auf, wandte sich dem Mann zu und sagte sehr ruhig: "Bitte keine Waffen mit einbeziehen." Dann nahm er seine Brille ab und sagte: "Es ist nicht gut, im Umgang mit Menschen zu schwelgen."

Der Mann, der sich als Sicherheitsbeamter entpuppte, hatte eine solche Reaktion nicht erwartet. Er war erstaunt über Bhaskars beeindruckende Persönlichkeit und seine düstere Reaktion.

Bhaskar sagte sehr ernst: "Sag mir, was willst du?"

Der Offizier war immer noch etwas überrascht. Er sagte mit lauter Stimme: „Du bist Bhaskar Dixit. Dir wurde eine Genehmigung für Gaumukh ausgestellt und das auch, bis gestern. Du hast nicht einmal den Gaumukh-Kontrollposten erreicht und heute versuchst du illegal nach Tapovan zu gehen. Wir müssen dich festhalten."

Bhaskars Vertrauen wurde durch den veränderten Ton des Offiziers stark gesteigert. Er lächelte und sagte: "Du weißt sehr gut, dass du keinen persönlichen Nutzen daraus ziehen wirst, wenn du mich festhältst, und ich werde auch kein Todesurteil erhalten. Mir ist bewusst, dass ich nur gegen eine Regel verstoßen habe und das auch unbeabsichtigt, unter widrigen Umständen. Ich habe keine Straftat begangen oder war an einer Straftat beteiligt. Sie werden mich höchstens einen Tag in Gewahrsam halten und mich dann vor ein Gericht bringen, wo ich mein Geständnis ablegen, das Motiv geltend machen und die Umstände erklären werde, die mich dazu veranlasst haben, gegen die Regel zu verstoßen. Ich weiß mit Sicherheit, dass das Gericht selbst im schlimmsten Fall eine Höchststrafe von tausend Rupien verhängen und mich freilassen wird. Das bedeutet, dass Sie für all Ihre Bemühungen nichts bekommen werden. Ebenso werde ich meine zwei oder drei Tage verderben und einen finanziellen Verlust von eintausend Rupien tragen. Das bedeutet, dass für uns beide nichts phänomenal sein wird."

Bhaskar sah einen leichten Blick auf die Übereinstimmung in den Gesichtern des Offiziers und seiner Untergebenen.

Deshalb sagte der Beamte: "Übrigens, was war der Grund dafür, die Regeln zu brechen?"

Bhaskar spürte, dass sein Plan erfolgreich war. Er trug den Ausdruck von Mitgefühl anstelle von arroganter Nachlässigkeit auf seinem Gesicht. Er beugte sich langsam vor und zog die Decke, die der Alchemist für ihn hinterlassen hatte, aus seiner Tasche und sagte in einem leicht emotionalen Ton: „Das ist die Decke meines Großvaters." Das Erscheinungsbild der archaischen Decke ließ keinen Zweifel aufkommen.

Bhaskar fuhr fort: "Er verbrachte einen großen Teil seines Lebens hier in Tapovan und sein letzter Wunsch war es, den Ort noch einmal zu besuchen, aber sein plötzlicher Tod führte dazu, dass sein letzter Wunsch unerfüllt blieb. Ein Religionswissenschafter schlug vor, dass ich seinen Schal als Symbol für seine Affinität zu diesem Ort bei Tapovan lassen sollte. Der Gelehrte sagte, dass dieses Ritual der verstorbenen Seele Erlösung bringen würde. Ich bin nur mit diesem Ziel hierher gekommen. Ich beantragte eine Genehmigung für den Besuch von Tapovan, aber ohne Navigator erhielt ich nur eine Genehmigung bis nach Gaumukh. Ich hatte bereits mein Bestes versucht, einen Führer oder einen Navigator zu finden, aber aufgrund der letzten Tage der Saison konnte ich keinen finden. Dann beschloss ich, ohne Genehmigung nach Tapovan zu fahren. Hätte ich den Schal meines Großvaters in Gaumukh anstelle von Tapovan gelassen, hätte die Seele meines Großvaters Frieden gefunden? Außerdem wäre ich für den Rest meines Lebens von der Schuld meiner Tat geplagt geblieben."

Bhaskar zeigte sich sehr emotional. Er stand eine Weile und schwieg. In der Zwischenzeit sagte einer der Sicherheitsleute zu seinen Kollegen: „Ja, er hat recht; ich habe viele Einsiedler in Tapovan mit genau ähnlichen Tüchern bemerkt."

Seine Aussage schien Bhaskar ein zusätzlicher Vorteil zu sein, und er sagte mit großer Zuversicht: „Wenn du mich heute nimmst, werde ich wiederkommen. Ich muss um jeden Preis zu Tapovan."

Alle vier Menschen waren fassungslos. Bhaskar erkannte, dass sein Plan funktioniert hatte. Dann lächelte er und sagte: „Ich habe auch noch eine andere Möglichkeit. Wenn du mir erlaubst, zu Tapovan zu gehen, werde ich dir ein kleines Geschenk machen."

Bhaskar fügte absichtlich noch ein paar Sätze hinzu. "Sobald ich das Ritual zur Erfüllung des letzten Wunsches meines Großvaters durchgeführt habe, werde ich vor dir erscheinen und dann werde ich gerne jede Strafe akzeptieren, die du für angemessen hältst."

Der Sicherheitsbeamte sagte ein wenig leise: „Bhaskar Ji, wir sind auch Menschen, wir respektieren deine Gefühle. Aber wir müssen auch unsere Pflicht tun."

Bhaskar war sehr glücklich, als er die Situation erfolgreich in Angriff nahm. Er sagte: „Ja, ich kann es verstehen. Ich hatte auch eine schlechte Zeit. Ich verließ Bhojwasa gestern Morgen, verirrte mich im Gletscher und erreichte Nandanvan in der Nacht. Ich habe dort nur in diesen Kleidern übernachtet. Nur dank des Segens meines Großvaters traf ich ein Mitglied einer Bergsteigertruppe, die mir half, sicher hierher zu gelangen."

Bhaskar hielt eine Weile inne und sagte dann: „Ich kann verstehen, dass mein Fehler dich sehr beunruhigt hat. Das tut mir wirklich leid." Dann beugte er sich vor und nahm das Papierpaket aus einer seiner Socken. Während er das Päckchen aufdeckte, sagte er: "Ich habe ein kleines Geschenk für dich, um mein Bedauern auszudrücken." Und dann deckte er das glitzernde Goldstück auf und sagte: "Eine Tola aus vierundzwanzig Karat Gold, bitte akzeptiere es."

Das Gold erfüllte die Augen der Truppmitglieder mit Versuchung und Glück.

Bhaskar übergab mit ein wenig Kraft das Goldstück in die Hand des Offiziers und sagte wieder: "Bitte akzeptiere es, sonst werden meine Gefühle des Bedauerns nie verschwinden."

Der Sicherheitsbeamte hielt das Goldstück in der Tasche und sagte: „Machen Sie sich keine Sorgen, Herr Bhaskar. Du kannst mit voller Freiheit nach Tapovan gehen und das Ritual für deinen Großvater abschließen. Ich werde den Fall nur heute abschließen. Ich werde jeden registrierten Navigationsführer in mein Büro rufen und seine Unterschrift als Ihr Navigator in den offiziellen Aufzeichnungen erhalten. Ich werde meinen Untersuchungsbericht einreichen, aus dem hervorgeht, dass der gesamte Fall nur das Ergebnis fehlerhafter Aufzeichnungen war."

Bhaskar sagte: "Vielen Dank, Sir." Dann sagte er mit großer Demut: "Darf ich Sie bitten, mir ein wenig mehr zu helfen."

Der Sicherheitsbeamte sagte mit großer Affinität: "Bitte sag es mir."

Bhaskar sagte: „Sir, morgen werde ich von Tapovan zurückkehren, und ich denke, dass Sicherheitspersonal, das an den Kontrollposten eingesetzt wird, sich erneut nach der gleichen Frage der Gültigkeit der Genehmigung erkundigen wird. Kannst du mir in dieser Angelegenheit helfen?"

Der Sicherheitsbeamte sagte mit einem Lächeln: „Darüber machen Sie sich überhaupt keine Sorgen. Du zeigst mir deine Erlaubnis." Bhaskar holte seine Erlaubnis aus dem Beutel und gab sie ihm. Der Beamte schrieb etwas auf die Genehmigung und sagte: „Nehmen Sie das, ich habe die Gültigkeit Ihrer Genehmigung um zwei weitere Tage verlängert und die Details des zu besuchenden Gebiets geändert. Ich habe meine Unterschrift unter die überarbeiteten Angaben gesetzt und meinen Namen erwähnt. Alle diese Kontrollstellen fallen in den Zuständigkeitsbereich meiner Behörde und somit sind alle dort eingesetzten Mitarbeiter meine Untergebenen. Selbst wenn du auf eine Patrouille stößt, werden es die Leute sein, die unter meiner direkten Kontrolle arbeiten. Sie brauchen sich also um niemanden Sorgen zu machen. Sie sagen ihnen nur, dass der Gebietsoffizier, Herr Mathur, die Genehmigung manuell erteilt hat, nachdem er die Gebietsdetails geändert und die Gültigkeitsdauer überarbeitet hat. Dann wird dich niemand befragen. Selbst wenn ein Problem auftritt, können Sie der betroffenen Person gerne mitteilen, dass Sie ein Familienfreund von Herrn Mathur sind, und dasselbe kann überprüft werden, indem Sie ihn über Funk kontaktieren."

Dann legte der Offizier seine Hand um Bhaskars Schultern und zwang ihn sanft, seinen Untergebenen den Rücken zuzuwenden. Dann begann er, zusammen mit Bhaskar, langsam von den drei Wachen wegzugehen. Der Offizier flüsterte Bhaskar ohne zu zögern ins Ohr: „Sie können diese beiden Polizisten und einen Waldwächter sehen. Sie haben auch seit gestern Abend hart gearbeitet. Sie werden alle in sehr geringen Beträgen als Gehalt bezahlt. Ich rate dir, jedem von ihnen tausend Rupien anzubieten, damit sie ihre Müdigkeit vergessen können."

Bhaskar erkannte, dass der Offizier sehr gerissen und korrupt war, aber er konnte es nicht riskieren, seine Forderung zu leugnen, da dies seinen ganzen Plan verderben könnte. Er machte sich jedoch Sorgen um die Verfügbarkeit von Geldern, da er klar wusste, dass er nur noch viertausend Rupien bei sich hatte. Er holte seine Brieftasche heraus und übergab dem Offizier dreitausend Rupien.

Der Offizier sagte laut: „Herr Bhaskar, nehmen Sie es nicht anders. Ich brauche dieses Geld nicht. Bitte übergebt ihnen den Betrag mit euren eigenen Händen." Der Offizier rief dann die drei Wachen und deutete auf sie, um den Betrag zu erhalten. Bhaskar gab jedem von ihnen tausend Rupien.

Bhaskar bedankte sich noch einmal und verabschiedete sich von ihnen. Er ging auf den steilen Anstieg zu. Nach dem Umgang mit dem Gebietsoffizier war sein Selbstvertrauen auf Wolke neun und er fand den schwierigen Aufstieg sehr einfach. Gleichzeitig machte er sich auch Sorgen über den Geldmangel, da er realisierte, dass der bei ihm verbliebene Betrag für seine Rückreise nicht ausreichen würde. Aber er beschloss, im Moment nicht über die Frage der Gelder nachzudenken und sich später mit dem Problem zu befassen.

Erst dann erkannte er, dass er bei einer Temperatur unter dem Gefrierpunkt nicht überlebt hätte, wenn das Glück, den Alchemisten zu treffen, in der vergangenen Nacht nicht eingetreten wäre, und selbst wenn er irgendwie überlebt hätte, wäre es nicht so einfach gewesen, mit dem gerissenen Sicherheitsbeamten ohne die Dinge umzugehen, die der Alchemist hinterlassen hatte.

Dann spürte er, dass vielleicht der Alchemist schon alles wusste und deshalb ließ er seine Decke und das Goldstück liegen. Es war auch der mit großem Nachdruck ermahnte Rat des Alchemisten, der ihm die feste Entschlossenheit einflößte, anders mit dem Sicherheitsoffizier umzugehen. Bhaskar erkannte, dass sich alles, was der Alchemist gesagt hatte, als wahr erwiesen hatte. Es war seine schriftliche Botschaft, die ihn veranlasste, das Goldstück anzubieten, um die Gunst des Sicherheitsbeamten zu gewinnen. Hätte er den Alchemisten nicht getroffen, wäre er entweder im Himmel oder in Polizeigewahrsam gewesen. War der Alchemist nur für ihn da?

Anreise Zur Oase

Bhaskar kletterte in einem guten Tempo und plötzlich erblickte er eine riesige Weite des offenen Landes. Er drängte sich mit aller Kraft, so schnell wie möglich einen vollständigen Überblick zu bekommen. Dann bekam er die volle Sicht und stellte fest, dass es sich um eine riesige Wiese mit reichlich ebenem Boden handelte, mit verstreuten Büschen, Felsbrocken und einem Süßwasserstrom. Die Aussicht war großartig und erstaunlich, was ihm das Herz raubte. Dann schaute er sich um und erlebte von dieser hochgelegenen Wiese einen herrlichen Blick auf Mount Shivling, Mount Meru, Mount Sumeru und die Bhagirathi-Gipfel. Er erkundete das Tal mit der Versuchung, die größtmögliche Eleganz zu erleben.

Er konnte auch den Ashram leicht sehen. Er bewegte sich allmählich auf das Ashramtor zu und sah, dass die „Regeln für Besucher" an der Vorderwand deutlich sichtbar waren. Er ging hinein, um den Hausmeister zu treffen, und hinterlegte den Betrag im Voraus, um die Unterkunft und die Mahlzeiten in Anspruch zu nehmen. Er konnte den Hausmeister nicht finden. Ein Freiwilliger sagte ihm, dass der Hausmeister nach einiger Zeit zurück sein würde und er in den Schlafsaal einchecken und die Einrichtungen sofort nutzen könnte und der Betrag danach eingezahlt werden könnte. Bhaskar schaute auf seine Uhr. Es war zwei Uhr nachmittags. Er war zwei aufeinanderfolgende Tage in einem desorientierten Zustand gewesen. Er holte ein Handtuch aus seiner Tasche und ging zum Waschraum. Er erfrischte sich, nahm ein Bad und zog sich um. Jetzt fühlte er sich gut. Das Warmwasserbad hatte seine Müdigkeit weitgehend beseitigt. Er machte sich bereit und ging in die Küche des Ashrams. Er bat erneut einen

Freiwilligen, ihm zu helfen, den Betrag gegen die Gebühren für seinen Aufenthalt und seine Mahlzeiten einzuzahlen.

Der Freiwillige sagte ihm, dass der Hausmeister nicht zurück sei, damit er zuerst zu Mittag essen und später die Formalitäten erledigen könne. Er ging in die Küche und bat um Essen. Der Freiwillige in der Küche bot ihm mit großer Zuneigung eine Mahlzeit an. Nach dem Essen erkannte Bhaskar, dass er sehr hungrig war. Nachdem er gesättigt war, begann er, den Ashram zu erkunden und hatte einen Überblick über den gesamten Ashram. Er erkannte, dass alle Freiwilligen des Ashrams so viel Unterstützung und Service für die Besucher wie möglich bieten. Er hatte Respekt vor ihnen. Er erkannte auch, dass jeder immensen Respekt vor Swami Ji hatte.

In der Zwischenzeit bot ihm der ehrenamtliche Küchenhelfer Tee an. Bhaskar ging mit ihm und setzte sich neben einen Herd in der Küche und trank seinen Tee mit diesen Freiwilligen. Bhaskar hatte das Gefühl, dass das Trinken von Tee, während er mit ihnen saß, eine Art Affinität erzeugte. Dann begann eine Diskussionsrunde. Im Gespräch mit ihnen erfuhr er, dass es neben dem Ashram viele bekannte und unbekannte Naturschutzgebiete in der Gegend gab, in denen viele Altersgruppen und Einsiedler noch Meditation und Buße praktizierten. Viele Weise und Asketen verließen den Ort und zogen an andere Orte tief im Himalaya, nachdem normale Menschen an diesen Ort strömten. Er erfuhr auch, dass Swami Ji den Ruf eines hoch spirituell erleuchteten Alters hatte und der Ashram nur ein Basislager für ihn war. Er verließ häufig unbekannte abgelegene Orte tief im Tal für seine spirituelle Praxis. Swami Ji wollte ein Leben des völligen Zölibats und der Entsagung führen, aber auf Bitten der Heiligen und des Vertrauens des Ashrams blieb er als Patron und Führer des Ashrams. Ein separater Raum war für Swami Ji reserviert, aber er hatte dort nur eine Matte und zwei

Kisten. Er nutzte den Raum nur, um Störungen durch Menschen zu vermeiden.

Bhaskar erfuhr auch, dass eine gemeinsame Truppe der Wald- und Polizeibehörde in den Ashram gekommen war, um nach einem seit zwei Tagen vermissten Jugendlichen zu suchen. Dieser junge Mann hatte eine Genehmigung nur bis zum Gletscher. Er verließ Bhojwasa gestern Morgen, erreichte aber erst am späten Abend den g lacier check post. Eine Gruppe von Kletterern, die das Tal durch ein Fernglas beobachteten, informierte den Kontrollposten, dass sie einen jungen Mann gesehen hatten, der den Gletscher überquerte.

Alle Freiwilligen nannten diesen jungen Mann eine verrückte Person, ohne sich Sorgen um sich und seine Familie zu machen. Bhaskar genoss ihre Diskussion und erkannte, dass keiner von ihnen wusste, dass sie mit demselben jungen Mann saßen. Bhaskar hatte Lust, die Wahrheit zu sagen, konnte aber nicht den Mut aufbringen, zu sprechen. Dann fragte Bhaskar sie nach den Details des jungen Mannes, aber keiner von ihnen war sich dessen bewusst. Einer der Freiwilligen teilte ihnen jedoch mit, dass das Suchteam dem Hausmeister die Daten des jungen Mannes zur Verfügung gestellt habe.

Jetzt erkannte Bhaskar, dass er die Wahrheit sagen musste. Also offenbarte er ihnen, dass der junge Mann, von dem sie sprachen, bei ihnen saß. Alle waren schockiert, als sie die Wahrheit erfuhren. Bhaskar erklärte, dass er den Suchtrupp bereits getroffen hatte, bevor er den Ashram erreichte, und dass die ganze Verwirrung nur auftrat, weil seine Genehmigung nach ihrer Erteilung manuell geändert wurde und der betroffene Beamte sie nicht in den Bürounterlagen aktualisiert hatte. Er zeigte den Freiwilligen auch die Genehmigung. Bhaskars Erklärung war so präzise, dass diejenigen, die ihn zuvor als verrückt bezeichneten, jetzt die Regierungsbeamten als Narren bezeichneten, weil sie ein

Chaos geschaffen hatten. Nach einer langen Diskussion zerstreuten sie sich.

Eine frische Mahlzeit und eine heiße Tasse Tee stellten Bhaskars Energie wieder her und er wurde ungeduldig, Swami Ji zu treffen. Er hatte Angst, dass Swami Ji in den Ashram zurückkehren könnte. Um seine Aufmerksamkeit von diesen verwirrenden Gedanken abzulenken, machte er einen Ausflug. Das Wetter war typisch Himalaya-Gletscherwetter, mit kühlem Wind mit mäßiger Geschwindigkeit und Temperaturen unter dem Gefrierpunkt. Er ging eine kurze Strecke hinauf und fand seine Kleidung für die Bedingungen im Gelände unzureichend. Er beobachtete die spektakuläre Schönheit der schneebedeckten Berge, die flach gestreckte Wiese, den herrlichen Bach, der vom Himmel herabzusteigen scheint, und das neblige Tal, das das mystische Evangelium der Natur erzählt. Aber es war das erste Mal in den letzten vier Tagen, dass er das Wetter als härter empfand als seine Toleranz. Also beschloss er, zurück in den Ashram zu gehen. Als er zurückkehrte, stellte er fest, dass der Hausmeister angekommen war. Also wandte er sich an den Hausmeister, um den Betrag gegen die Einrichtungsgebühren für Aufenthalt und Verpflegung einzuzahlen. Er erwartete, dass der Hausmeister betäubt sein würde, als er seinen Namen kannte, also reichte er seine Genehmigung zusammen mit dem Betrag ein, der hinterlegt werden sollte. Da der Hausmeister bereits die vollständigen Informationen über ihn von den Freiwilligen erhalten hatte, war Bhaskar nicht verpflichtet, das Problem zu erklären. Der Hausmeister hieß ihn willkommen und sagte ihm, dass er überall im Schlafsaal übernachten könne, da er der einzige Gast des Tages sei. Der Hausmeister drückte die Möglichkeit aus, dass Swami Ji bald wiederkommen könnte.

Plötzlich betrat eine schlanke und dünne Person in Safranrobe die Räumlichkeiten. Sein Kopf und sein Gesicht waren rasiert, seine Haut straff und strahlend, aber seine schneeweißen Augenbrauen deuteten auf seine Altersüberlegenheit hin. Der Hausmeister stand von seinem Stuhl auf und ein Freiwilliger lief vor ihm her, um sein Zimmer zu öffnen. Der Hausmeister flüsterte: „Swami Ji ist da." Auch Bhaskar stand von seinem Stuhl auf und bot respektvolle Grüße an, indem er seine verbundenen Hände auf die Höhe seines Kopfes hob. Swami Ji blieb für einen kurzen Moment stehen, sah Bhaskar an, lächelte und ging dann in sein Zimmer. Bhaskars Glück kannte keine Grenzen, um Swami Ji wieder im Ashram zu finden.

Bhaskar fragte den Hausmeister, ob er in Swami Jis Zimmer gehen und ihn treffen könne.

Der Hausmeister antwortete, indem er verneinend den Kopf schüttelte und sagte: "Er wird dich anrufen, wenn er will."

Bhaskar betonte erneut die Dringlichkeit seines Treffens und bat den Hausmeister, dem Weisen zumindest seinen Namen und seine Details mitzuteilen, damit er Bhaskars Besuchszweck kennenlernen könne. Der Hausmeister lächelte und sagte, dass Swami Ji keine Details benötige und ihn treffen würde, wenn die Angelegenheit dringend sei. Bhaskar konnte nicht verstehen, was der Hausmeister meinte. Also schwieg er.

Erst dann sah er einen Freiwilligen auf ihn zukommen, der ihm erzählte, dass Swami Ji ihn angerufen hatte. Er war überrascht und konnte den Hausmeister lächeln sehen.

Bhaskar ging mit dem Freiwilligen, der am Tor anhielt und ihn bat, hineinzugehen. Bhaskar betrat den Raum, der eine Matte auf dem Boden hatte, eine Holzkiste in der Ecke mit einer Tasche darauf und einem Bademantel, der an der Wand hing. Swami Ji saß auf der Matte und bat Bhaskar, ihn zu begleiten. Bhaskar warf sich vor Swami Ji nieder und setzte sich dann vor ihn.

Swami Ji trug ein angenehmes Lächeln auf seinem Gesicht und sagte: "Jetzt hat deine Reise begonnen, fruchtbar zu werden, da du sehr schnell weltliche Weisheit erlangst." Bhaskar sagte: „Sir, wenn Sie so denken, muss es wahr sein. Ich bin jedoch nur mit einem Ziel hierhergekommen, um dich zu treffen."

Swami Ji sagte: "Glaubst du nicht, dass die Art und Weise, wie du den klugen Gebietsoffizier angegangen bist, keine leichte Aufgabe war, selbst für einen erfahrenen Mann mit großer Erfahrung in verschiedenen Lebensbereichen?"

Bhaskar konnte kein einziges Wort vor Überraschung und Erstaunen sprechen.

Swami Ji fuhr fort: „Du hattest seit deiner Kindheit dieses außergewöhnliche Talent, Geschichten zu erzählen. Acharya Ji selbst wurde im Alter von fünf Jahren stark von Ihrer Fähigkeit beeinflusst, perfekte Geschichten zu weben. Er hat es mir auch mitgeteilt."

Bhaskar sagte: "Aber ich habe diese Offiziere belogen, um meine Reise ununterbrochen fortzusetzen und Haft zu ersparen."

Swami Ji sagte: „Ich kann dich nicht rechtfertigen. Aber das Phänomen des Lügens kann in mehrere Kategorien eingeteilt werden. Lord Krishna hat gesagt, dass das Aussprechen der Wahrheit in der Tat eine große Tugend ist und vielleicht keine andere Tugend dem Aussprechen der Wahrheit überlegen ist, aber die praktischen Aspekte des Aussprechens der Wahrheit sind sehr schwer zu verstehen. Es braucht viel Zeit und Reife, um die wahre Natur der Wahrheit zu verstehen. Wenn eine Lüge für eine andere Person schädlich ist oder dem Sprecher einen unverdienten Nutzen gebracht hat, dann ist sie inakzeptabel. Du musst die Geschichte von Kaushik gehört haben, dessen Wahrheit zu einem Massaker an Dorfbewohnern geführt hat. Also wurde Kaushik in die

Hölle geworfen, weil er die Wahrheit gesagt hatte. Kaushik wird für seine Dummheit in Erinnerung bleiben und nicht für sein Gelübde, die Wahrheit zu sagen."

Bhaskar fühlte sich ein wenig erleichtert und sagte dann: „Swami Ji, da du dir über alles im Klaren bist, bitte ich dich, mich über die Botschaft aufzuklären, die mein Dada Ji vermitteln möchte."

Ein breites Lächeln erschien auf Swami Jis Gesicht, er sagte: "Acharya Jis war eine vollständige Persönlichkeit mit einer göttlichen Mischung aus Wissen, Fähigkeiten, Logik und Intellekt. Sein Wissen war von tiefer Forschung und erhabener Erfahrung durchdrungen, während seine Fähigkeiten die meisterhafte Effizienz zeigten, die durch die harte Arbeit und Praxis von Jahrzehnten erlangt wurde. Seine Weisheit spiegelte die Diskretion wider, die Vorzüge und Nachteile von allem auf der soliden Grundlage seiner tiefen Einsicht, scharfen Beobachtung, moralischen Integrität und eines klaren Verständnisses religiöser Glaubensrichtungen, Normen und Werte zu erkennen. Seine Argumente waren präzise und scharf und enthielten Fakten und Referenzen, die aus einer eingehenden Analyse natürlicher und übernatürlicher Phänomene hervorgingen. Die Dimensionen seines Wissens waren so groß, dass der Umfang des Wissens selbst vor ihm begrenzt schien. Du brauchst keine Hilfe von jemand anderem, um seine Botschaft zu verstehen. Er wollte keine Botschaft geben, aber er wollte dir die Möglichkeit geben, die richtige Richtung auf dem Weg deines Schicksals zu wählen, und wollte auch sicherstellen, dass kein Problem deinen Weg behindern sollte. Er wünschte, dass, wenn Sie Entschlossenheit zeigen, Ihr Schicksal zu erreichen, Ihnen die Möglichkeit gegeben werden sollte, Entscheidungen mit Ihrer eigenen Intuition zu treffen. Lass dich von keinem Umstand oder Hindernis ablenken oder deine Willenskraft beeinträchtigen."

Bhaskar hörte Swami Ji mit voller Aufmerksamkeit und Interesse zu. Er sagte: „Swami Ji, ich hatte Pech, als er ging, als ich gerade acht war. Wäre er noch ein paar Jahre geblieben, hätte ich viel von ihm lernen können."

Swami Ji fragte Bhaskar: „Kennen Sie den Lehrer von Acharya Ji, der ihm geholfen hat, Spitzenleistungen zu erzielen?"

Bhaskar schien sehr neugierig zu sein, und er sagte: „Nein, Swami Ji, ich weiß nichts über ihn. Ich kenne seinen Namen nicht einmal. Bitte sag es mir."

Swami Ji lächelte. „Acharya Ji selbst war sein Lehrer. Er erlangte das gesamte Wissen aus eigener Kraft. Er betrachtete Shri Laxmi Narayan jedoch als seinen symbolischen Lehrer, doch kein Mensch lehrte ihn jemals. Sei also niemals traurig über seinen Tod, da er in dem Moment abreiste, der bereits für seinen Ausstieg geplant war. Du solltest dich lieber darüber freuen, dass du das Glück hast, seine manifeste Anwesenheit seit acht Jahren zu erhalten, und sein Segen war immer bei dir und wird für immer bleiben."

Bhaskar wurde emotional und seine Augen wurden neblig. Swami Ji spürte seinen inneren Aufruhr, also bat er Bhaskar, die Holzkiste in der Ecke zu ihm zu ziehen. Bhaskar tat es entsprechend. Swami Ji öffnete die Schachtel und nahm ein paar Papiere heraus.

Er übergab Bhaskar die Papiere und sagte: „Dies war der letzte Brief, den ich von ihm erhielt. Gehen Sie es durch und Sie werden in der Lage sein, viele Dinge zu verstehen."

Der Brief lautete:

Lieber Vinayak,

Ich schreibe Ihnen diesen Brief, da Sie der einzige sind, der sich des Ziels, das ich verfolge, wirklich bewusst ist. Ich bin traurig zu sehen, dass sich die Gesellschaft durch einen Übergang bewegt und der Beginn der neuen Ära bevorsteht. Nur wenige Leute denken, dass ich ein Altruist bin. Aber es ist nicht wahr. Ich habe mein Gewissen von Versuchungen ferngehalten, aber heute habe ich das erstaunliche Talent meines Enkels beobachtet und kann daher meinen verlockenden Wunsch, ihm ein Andenken zu verleihen, nicht blockieren.

Ich befürchte, dass Talente in dieser neuen Ära nicht in der Lage sein werden, altruistisch zu bleiben, da der wachsende Materialismus bereits die Definitionen jedes Konzepts verändert hat. Einem unidirektionalen Weg auf der Suche nach reinem Wissen zu folgen, wird sehr bald zu einem esoterischen Weg werden und die Welt wird von Scharlatanen beherrscht werden, die Pseudowissenschaften praktizieren.

Somit kann ich eindeutig davon ausgehen, dass auch dieses Wunderkind der Mentalität des Materialismus zum Opfer fallen kann. Ich wünsche mir, dass ein ausgezeichneter Setzling die volle Chance erhält, zu wachsen, zu stärken und zu expandieren. Aber ich fürchte, dass eine Pflanze, die das Potenzial hat, zu einem riesigen Baum zu wachsen, unterdrückt werden könnte, um ein Bonsai zu bleiben, und in einen Topfbaum mit einer glänzenden Vase verwandelt werden könnte, die nur einen auffälligen Wert hat. Die Aussichten auf eine Ernte werden im Keim erstickt.

Du musst ihn anleiten, sich auf seine inhärenten Eigenschaften zu berufen, um es ihm zu ermöglichen, das Erbe der alten indischen Meister zu bewahren und das Vermächtnis zu erhalten, das nur ihm anvertraut wurde. Dieses Vermächtnis wird ihm helfen, vor der

zusammenhängenden Krankheit des Materialismus geschützt zu bleiben. Es war eine Taktik der alten indischen Ärzte gewesen, Immunität gegen Gifte und Gifte in den Schlüsselmitgliedern der königlichen Familien zu entwickeln, indem sie sie giftig machten. Nur Gift kann Gift unwirksam machen. In ähnlicher Weise kann Reichtum die Wirkung des Materialismus rezessiv machen.

Du musst ihn führen, um ihm klar zu machen, dass die Habseligkeiten seines Großvaters nicht nutzlos sind. Ich weiß, dass nach mir meine Bücher, Notizen und Verbrauchsmaterialien zurückgelassen werden, aber Sie müssen ihn sensibilisieren, damit er zustimmt, alle meine Sachen zu beobachten. Auf den ersten Blick ist es durchaus möglich, Bücher als veraltet oder nutzlos zu betrachten. Aber ich bin mir sicher, dass er, sobald er Rasas zu Gesicht bekommt, sein Interesse wecken wird. Der klare Fluss und der brillante Glanz von Quecksilber haben mich schon immer angezogen. Während ich diesen Brief schreibe, bin ich immer noch fasziniert von einer halben Liter Glasflasche, die sieben Ser Quecksilber enthält. Selbst im Alter von achtzig Jahren ist meine Leidenschaft so jung, dass ich sie und andere Rasas in einer verschlossenen Almirah in meinem Zimmer aufbewahre. Jeder kann mich deswegen für einen alten Fanatiker halten.

Daher bestehe ich darauf, dass Sie das Kind mit der Tatsache aufklären, dass die Habseligkeiten seines Großvaters kein Müll sind, und wenn er sie mit einem Zweck beobachtet, kann dieser Müll ihm die Fähigkeit verleihen, seinem Interesse und seiner Leidenschaft nachzugehen. Sagen Sie ihm, dass sein Großvater sein ganzes Leben lang ein armer Kerl geblieben ist, freiwillig und aus freien Stücken. Er ist der einzige, dem ich mein Erbe anvertraue, damit er das Erbe halten kann.

Sie wissen bereits von meinem Engagement im Freiheitskampf des Landes. Ich habe zusammen mit der Bruderschaft der Freiheitskämpfer in Zentralindien gearbeitet, und das Birla-Haus in Delhi war das Zentrum unserer Aktivitäten. Wir waren alle Zeugen des Baus des Shree Laxmi Narayan-Tempels, auch bekannt als Birla-Tempel.

Schließlich erwarte ich, dass Sie ihn davon überzeugen, zumindest vorrangig zum Birla-Tempel zu gehen, nicht nur den Darshan von Shri Laxmi Narayan zu haben, sondern auch die gesamten Räumlichkeiten des Tempels zu besuchen. Ich bin sicher, dass Gott ihn führen wird, um sich auf eine Reise auf dem Weg zu begeben, der für ihn bestimmt ist. Er kann in allem, was dort vorhanden ist, ein göttliches Bewusstsein spüren. Führen Sie ihn dazu, alle Wandmalereien, Inschriften und moralischen Lehren zu beobachten, damit er das Bewusstsein vollständig spüren und seine Interessen ohne Sorgen verfolgen kann.

Mit freundlichen Grüßen,

Pushkar Dixit

Swami Ji sagte: „Dieser Brief ist mir in den letzten zwanzig Jahren ein Rätsel geblieben, da mir viele Dinge dunkel erschienen sind. Es war jedoch nicht typisch für den Schreibstil von Acharya Ji. Ich brütete wochenlang, um die Bedeutung in diesen Teilen zu finden, blieb aber unfähig, sie zu erfassen. Schließlich dachte ich, dass Acharya Ji in seinen letzten Tagen vielleicht sehr verzweifelt war und unter schweren emotionalen Turbulenzen stand. Aus diesem Grund wurde er dunkel, als er seinen inneren Zustand ausdrückte."

Swami Ji fuhr fort: „Etwa zwanzig Tage nach Erhalt dieses Briefes erhielt ich von ihm ein Paket mit fünf Gramm reinem Gold mit der Anweisung, Ihnen einen Betrag in bar zu zahlen, der dem Wert des Goldstücks entspricht. Es wurde erwähnt, dass der zu zahlende Betrag speziell für die Deckung der Kosten für Ihren Besuch im Birla-Tempel von Delhi bestimmt ist. Das Paket enthielt auch einen versiegelten Umschlag mit einem Brief darin. Der Brief wurde mit der klaren Anweisung an Sie gerichtet, dass der Brief Ihnen übergeben werden sollte, wenn und nur wenn Sie schwören, ihn nicht zu öffnen, bis Sie Ihren Besuch im Birla-Tempel abgeschlossen haben."

Bhaskar hörte ahnungslos Swami Ji zu.

Swami Ji sagte: „Das ist alles, was ich habe. Es sind mehr als zwei Stunden vergangen. Du kannst hingehen und zu Abend essen. Wir werden danach reden."

Bhaskar stand auf, begrüßte Swami Ji und verließ den Raum.

Die Herrlichkeit Der Vergangenheit

Bhaskar hat auch, wie Swami Ji, den Brief nicht ganz verstanden. Aber er hatte eine klare Vorstellung davon, dass sein Dada Ji ihn hoch schätzte und eine große Zuneigung zu ihm hatte. Er erkannte auch, dass das intellektuelle und spirituelle Niveau seines Großvaters viel höher war als seine Empfängnis. Er war stolz darauf, sein Enkel zu sein. Die Freiwilligen des Ashrams betrachteten ihn auch als etwas Besonderes, da sie noch nie gesehen hatten, wie Swami Ji so lange Zeit mit jemandem verbrachte. Bhaskar spürte auch die Veränderung in der Einstellung der Freiwilligen. Diejenigen, die anfangs eine Affinität zu ihm zeigten, zollten ihm jetzt großen Respekt. Sie boten ihm ohne seine Nachfrage ein Abendessen und eine Tasse Tee nach dem Essen an.

Bhaskar hatte sein Abendessen und bekam einen Platz in der Nähe des Kamins, der in der Lobby installiert war. Erst dann kam Swami Ji in die Lobby und alle, die dort saßen, standen als Symbol des Respekts vor ihm auf. Swami Ji kam in die Nähe von Bhaskar, gab ihm einen Schal und bat ihn sehr liebevoll, ihm zu folgen. Er verließ den Ashram und Bhaskar folgte ihm schweigend. Sobald Swami Ji das Haupttor erreichte, bat er Bhaskar, den Schal um ihn zu wickeln. Swami Ji selbst trug nur einen Baumwollmantel. Er sagte: "Sie sind nicht daran gewöhnt, eine begehbare Temperatur unter dem Gefrierpunkt zu erreichen, also treffen Sie die notwendige Sorgfalt, um nachteilige Auswirkungen von Kälte auf dieser kalten Wiese zu vermeiden." Bhaskar gehorchte ihm und verließ mit ihm den Ashram.

Swami Ji führte ihn an den Rand der Wiese und bat ihn, den Himmel voller funkelnder Sterne zu beobachten. Bhaskar erhielt einen spektakulären Blick auf den Sternenhimmel mit freiem Blick auf den Milchstraßenkern.

Swami Ji zeigte auf den Horizont im Norden und fragte ihn: "Kennst du diesen Stern?"

Bhaskar sagte: "Ja, das ist der Polarstern oder Dhruva Tara."

Swami Ji sagte: "Kennen Sie die Legende von Dhruva?"

Bhaskar sagte: "Ja."

Bhaskar wollte mehr sprechen, aber Swami Ji unterbrach ihn und fragte: "Und die moderne wissenschaftliche Theorie über den Polarstern?"

Bhaskar sagte: „Ja, in alten indischen Schriften, genauer gesagt in Puranas, stoßen wir auf die Geschichte von Dhruva, einem Prinzen, der strenge Buße tat und von Lord Vishnu die erhabene Position des festen Polarsterns zugewiesen bekam. Erwähnenswert ist auch, dass es uns in den geografischen Norden weist und mit der Rotationsachse der Erde ausgerichtet ist. Es ist so positioniert, wie es vom Nordpol aus gesehen knapp über dem Kopf des Betrachters sein wird."

Swami Ji lächelte und sagte: „Sehr gut. Dhruva nimmt auch in traditionellen Hindu-Ehen einen sehr wichtigen Platz ein. Eine Braut wird gebeten, sich den Polarstern anzusehen, um Inspiration zu erhalten, um auf ihrer neuen Lebensreise fest und stark zu bleiben. Dhruva ist auch eine der beliebtesten und inspirierendsten Legendenfiguren in Kindergeschichten. Jedes Kind entwickelt eine Neugier, Dhruva zu sehen, und ihm wird normalerweise gezeigt, dass der Stern Polaris der legendäre Stern ist."

Swami Ji fuhr fort: „Aber weißt du, dass der Stern, der in unseren Puranas und anderen Schriften als Polarstern oder

Dhruva Tara beschrieben wird, nicht der Stern Polaris ist, den die Menschen normalerweise als Dhruva betrachten? Zu dieser Zeit war Beta Ursa Minor der Pol-S-Teer, während wir heute Alpha Ursa Minor in dieser Position sehen. Die moderne Astronomie hat diese Dinge vor kurzem gefunden, aber unsere Vorfahren wussten es vor Tausenden von Jahren. Sogar ich wusste es vor modernen Astronomen, als Acharya Ji mir das Konzept vor etwa fünfzig Jahren erklärte."

Bhaskar hörte voller Ehrfurcht zu.

Swami Ji fuhr fort: „Schau dir Saptarshi Mandal oder den Großen Bären an. Konzentriere dich auf den vorletzten Stern zum Schwanz hin. In Südindien ist es eine alte Tradition in hinduistischen Ehen, dass die Braut und der Bräutigam gebeten werden, diesen Stern kurz nach ihrer Ehe zu betrachten. Dieser Stern heißt Vashishtha; westliche Astronomen nennen ihn Mizar. Also, was war der Zweck, diesen Stern einem Ehepaar zu zeigen? Unsere alten Gelehrten wussten, dass es sich nicht um einen einzelnen Stern handelt, sondern um zwei Sterne. Es ist eher ein einzigartiges Doppelsternsystem, in dem sich beide Sterne umeinander drehen, und wir nannten die Sterne Vashishtha und Arundhati. Arundhati war die Frau des Weisen Vashishtha. Jetzt ist das Motiv klar, dass es darauf abzielte, ein Verständnis im Paar zu entwickeln, dass eine Beziehung zwischen einem Ehemann und einer Ehefrau Zwillingssternen ähneln sollte und ihr Leben sich umeinander in Propinquity drehen sollte, wobei beide als gegenseitige Zentren für einander dienen sollten, so dass jede Möglichkeit einer Kollision ausgeschlossen werden sollte."

Bhaskar war fasziniert und erstaunt über die Tiefe des Wissens des Asketen. Er dachte, wenn ein Akademiker der modernen Welt auch nur einen Bruchteil von Swami Jis Wissen besessen hätte, hätte er sich selbst zum

Universalgelehrten erklärt, der in jeder Disziplin Meisterschaft besitzt.

Swami Ji sagte: „Mein Zweck, Ihnen all diese Leckerbissen über Astronomie zu erzählen, ist nicht, Sie mit meinem Wissen zu beeinflussen oder Sie zu motivieren, Ihre Karriere in der Astronomie fortzusetzen. Ich möchte Ihnen vielmehr sagen, dass das Gefühl des Selbststolzes das höchste Glück ist, und wir haben das Privileg, solchen Ruhm zu haben. Unsere Vorfahren wussten vor Tausenden von Jahren, dass Antares das Größte am Himmel ist und deshalb nannten sie es Jyeshtha. Sie berechneten die Lichtgeschwindigkeit in einer Zeit, in der der Rest der Welt ein primitives Leben verfolgte. Entwickeln Sie also ein Gefühl von Ruhm in Ihrer Vergangenheit und fühlen Sie sich privilegiert, ein Träger eines reichen Erbes zu sein. Wählen Sie, was Sie tun möchten, was Sie gut können, was Ihre Kompetenz stärkt, was Ihr Temperament und Ihre Fähigkeiten vereint und was Sie entspannt. Wenn Sie Ihr Interessengebiet als Ihren Beruf wählen, werden Sie sich nie erschöpft fühlen."

Bhaskar sagte: "Ja, Sir, ich verspreche Ihnen, vielmehr versichere ich feierlich, dass ich mein Leben dem Zweck widmen werde, das Erbe zu bewahren, das von Menschen wie meinem Großvater und Ihnen bewahrt, verbessert und weiterentwickelt wurde." Bhaskars Gesicht schien von dem Heiligenschein seines Gelübdes und der Robustheit seines Engagements zu leuchten.

Swami Ji hatte ein Gefühl der Befriedigung im Gesicht. Er sagte: „Es ist jetzt ziemlich spät. Du musst morgen wandern, also brauchst du heute Nacht einen guten Schlaf. Gehen wir zurück." Und er ging zurück zum Ashram und Bhaskar folgte ihm schweigend.

Gebot Adieu

Bhaskar wachte an einem kühlen Morgen auf. Es war neun Uhr und er verließ hastig das Bett. Er schlief nie bis so spät am Morgen. Er eilte auf die Toilette zu und innerhalb von zwanzig Minuten war er bereit für den neuen Tag. Er ging in die Lobby und ein Freiwilliger bot ihm Tee und Frühstück an. Beim Frühstück erfuhr er, dass Swami Ji meditierte. Ihm wurde auch gesagt, dass Swami Ji einen Freiwilligen beauftragt hatte, ihn nach Bhojwasa zu begleiten. Erst dann kam ein Freiwilliger zu ihm und stellte sich als die Person vor, die ihm die Aufgabe übertragen hatte, ihn auf dem Weg nach Bhojwasa zu führen. Der Freiwillige schlug vor, dass es besser wäre, so früh wie möglich zu gehen, da er noch vor der Nacht in den Ashram zurückkehren musste.

Bhaskar erkannte die Bedeutung seines Rates und beendete schnell sein Frühstück und machte sich bereit zu gehen. Dann ging er zu Swami Ji, um sich von ihm zu verabschieden. Swami Ji reichte ihm einen Umschlag mit etwas Bargeld und einen weiteren versiegelten Umschlag.

Swami Ji sagte: „Ein Umschlag enthält eine Menge, die dem Wert von fünf Gramm Gold entspricht, was für die Kosten Ihrer Reise zum Birla-Tempel mehr als ausreichend ist. Der zweite Umschlag ist ein Brief, der an dich adressiert ist, aber du musst schwören, dass du ihn erst öffnen wirst, nachdem du deinen Besuch im Tempel abgeschlossen hast."

Bhaskar schwor dasselbe und warf sich dann vor Swami Ji nieder, als Ausdruck des Respekts vor ihm. Swami Ji segnete ihn und sagte mit einem mystischen Lächeln: „Sobald Sie diese Angelegenheit gelöst haben, sollten Sie Gangotri noch einmal besuchen. Du hast noch eine ausstehende

Verpflichtung. Du musst Sanjana die Wahrheit über die Geschichte erzählen, die du dort erzählt hast."

Bhaskars Gesicht errötete mit einem roten Farbton als Mischung aus starker Verlegenheit und unangenehmer Schüchternheit. Er sagte nur: "Ja, Sir, ich werde auf jeden Fall Ihre Familie treffen und die Wahrheit teilen, zusammen mit meinen Vorbehalten, sie zu verbergen."

Swami Ji lächelte erneut und sagte: „Nun, ich habe keine bestimmte Familie, da ich auf alle weltlichen Bindungen verzichtet habe. Die ganze Welt ist meine Familie. Du bist nicht anders als Sanjana. Aber ich weiß, dass sie ein wunderbares Mädchen mit einem guten Verständnis der heiligen Schriften und einem natürlichen Talent zum Komponieren von Versen ist. Sie kann deinen Mangel beheben. Möge Gott euch beide segnen."

Dann nahm Bhaskar Abschied von ihm und verließ sein Zimmer, aber Swami Jis Worte hallten in seinen Ohren wider. *"Sie kann deinen Mangel beheben."* Er fühlte sich ein wenig peinlich berührt von der Idee, dass Swami Ji mit seinem Hellsehen seine Gefühle für Sanjana bemerken konnte. Aber seine Worte erfüllten Bhaskars Herz mit einem Hauch von romantischer Phantasie und Glück. Er hatte das Gefühl, dass Sanjana für ihn gemacht war und sein Schicksal ihr Rendezvous geplant hatte. Plötzlich blitzte ihre strahlende Schönheit vor seinen Augen auf und er begann, zu Gott zu beten, damit er das Glück hatte, Sanjana zu seinem Lebenspartner zu machen.

Das gesamte Ashram-Personal versammelte sich in der Lobby, um ihm Lebewohl zu sagen. Bhaskar bedankte sich bei allen einzeln und machte sich auf den Rückweg. Bhaskar erkannte, dass Swami Jis Zuneigung zu ihm zu einer Sonderbehandlung im Ashram geführt hatte. Diesmal war er wegen der Gesellschaft des Freiwilligen entspannt über die

Route. Er erkannte, dass er während seiner Aufwärtsreise nach Tapovan sehr zuversichtlich war, und später erhob sich sein Selbstvertrauen zu einem Zustand von Selbstüberschätzung und warf ihn in ein unknackbares Labyrinth des Gletschers. Sein übermäßiges Selbstvertrauen wurde jedoch durch die von ihm gestempelten zusätzlichen Meilen gesäubert. Aber er war noch nie so entspannt.

Er genoss die Wanderung, als der Freiwillige eine Tatsache enthüllte, die ihn wieder betäubte. Der Freiwillige sagte ihm, dass er in derselben Woche zum zweiten Mal wandern würde. Seine vorherige Reise war nach Gangotri, als Swami Ji ihn mit einem kleinen Stück Gold schickte, um es zu verkaufen und das Geld seines Wertes zu bringen. Er tat es entsprechend. Diese Informationen ließen Bhaskar die außergewöhnlichen Kräfte von Swami Ji erkennen, um die Zukunft vorauszusehen. Er hätte vor seinem Treffen mit Swami Ji keinen solchen Vorfall glauben können, aber jetzt war alles offensichtlich und brauchte keine Beweise.

Der Rückzug

Bhaskar erreichte Bhojwasa, wo Swami Jis Referenz, die der Freiwillige dem Manager der Einrichtung gab, ihm half, ein mietfreies Zimmer im Gästehaus zu erwerben. Der Freiwillige riet ihm, im Gästehaus zu übernachten und am nächsten Morgen nach Gangotri zu fahren. Er dankte dem Freiwilligen dafür, dass er ihn geführt hatte. Er bat den Freiwilligen auch, Swami Ji seine Verehrung und die Dankbarkeit gegenüber den Mitarbeitern mitzuteilen. Der Freiwillige ging dann zu seiner Rückreise.

Bhaskar streifte viele Stunden durch den Ort und genoss die natürliche Schönheit des Himalaya-Tals, bis er das Gefühl hatte, dass es zu spät war, draußen zu bleiben. Er erreichte das Gästehaus, aß zu Abend und ging ins Bett. Nun hatte Bhaskar einige Momente der Privatsphäre, um die Vorfälle der letzten vierundzwanzig Stunden zu überprüfen. Er war erstaunt, das Hellsehen von Swami Ji zu erleben. Früher hielt er es für eine Pseudowissenschaft, aber jetzt braucht das Offensichtliche keine Beweise. Die Lüge, die Bhaskar auch Swami Jis Familie in Gangotri erzählte, war ihm bekannt, aber er ärgerte sich nicht darüber, dass er eine Lüge erzählte. Er wies ihn vielmehr an, Sanjana die Wahrheit zu sagen. Swami Jis Behauptung, dass *"Sanjana deinen Mangel gut machen kann"*, war jenseits seines Verständnisses, aber die Aussage verwirrte ihn nicht, sie weckte eher ein ausgeprägtes wohlwollendes Interesse an ihr. Sanjanas Erinnerung erfüllte sein Herz mit einem Gefühl mystischen Glücks, und er war in ihren Gedanken verloren, bis er einschlief.

Er wachte morgens ohne Eile auf. Nachdem er sich auf die Rückkehr vorbereitet hatte, checkte er aus dem Gästehaus aus und begann seine Wanderung nach Gangotri. Er fand keine anderen Touristen auf dem Weg, aber er fuhr ohne Schwierigkeiten fort, da der Weg klar und vergleichsweise viel einfacher war als seine Reise am Vortag. Diesmal wanderte er mit Leichtigkeit, bewunderte die Schönheit der Natur und machte mehrere Zwischenstopps. Er erreichte Gangotri gegen vier Uhr abends.

Er erreichte zuerst die Bushaltestelle, wo er einen Schlafplatz im Nachtbus nach Neu-Delhi buchte. Er wusste, dass dies der einzige Bus war, der eine Schlafmöglichkeit hatte. Er war entspannt, als das Ticket gebucht war und er noch viel Zeit hatte. Er musste auch seine Sachen aus dem Schlafsaal abholen, wo er sein Übergepäck zurückließ, während er nach Tapovan aufbrach. Er wanderte eine Weile umher und erreichte dann den Schlafsaal. Er ruhte sich dort eine Stunde aus und ging dann mit all seinen Habseligkeiten. Auf dem Weg zur Bushaltestelle nahm er eine leichte Mahlzeit zu sich. Als er die Bushaltestelle erreichte, fand er seinen Bus dort stationiert. Er ließ seine Tasche in den Gepäckraum legen und nahm dann seinen Liegeplatz ein. Kurz darauf ging der Bus und er schlief ein, nachdem er sich von Gangotri und Sanjana verabschiedet hatte.

Erreichen Des Terminus

Bhaskar erreichte Neu-Delhi. Er war gerade aus dem Bus ausgestiegen, als er sich von mehreren Taxifahrern umgeben sah, die ihm anboten, ihn in ein gutes Economy-Hotel zu bringen. Er übergab sein Gepäck dem Taxifahrer, der versprach, ihn zum halben Preis in einem guten Hotel abzusetzen. Als er den Taxifahrer nach dem Grund für das Angebot eines fünfzigprozentigen Rabatts fragte, erfuhr er, dass die Hotels ihnen eine gute Provision zahlen, um Kunden zu bringen. Er bat den Taxifahrer, ihn zu einem Budget-Hotel zu bringen, das sauber und ordentlich war.

Innerhalb weniger Minuten war er in einem Hotel. Die Rezeptionistin begann, ihm von den Einrichtungen und Annehmlichkeiten des Hotels zu erzählen. Bhaskar war an all dem nicht interessiert. Er fand das Hotel sauber und gut geführt. Also bezahlte er den Taxipreis und erledigte die Formalitäten für den Check-in. Während er Einträge im Gästebuch machte, fragte er nach der Entfernung des Birla-Tempels vom Hotel und den Besuchszeiten des Tempels. Die Rezeptionistin sagte ihm, dass es maximal zwanzig Minuten dauern würde, um den Birla-Tempel mit dem Taxi zu erreichen, und der Tempel war von 4.30 Uhr bis 21.00 Uhr geöffnet, mit Ausnahme einer Stunde am Nachmittag von 13.30 Uhr bis 14.30 Uhr. Bhaskar schaute auf seine Uhr, die 8:00 Uhr anzeigte. Die Rezeptionistin wies einen Diener an, sein Gepäck zu tragen und ihn zum Zimmer zu führen. Bhaskar war in kürzester Zeit in seinem Zimmer.

Er kletterte schnell ins Bett, da die Busfahrt über Nacht ihn erschöpft und müde gemacht hatte. Aber er wartete mit angehaltenem Atem darauf, den Tempel zu erreichen. Also beschloss er, sich schnell fertig zu machen und so schnell wie möglich dorthin zu gelangen.

Bhaskar machte sich bereit, übergab den Schlüssel an der Rezeption und zog aus dem Hotel aus. Er bekam ein Taxi und innerhalb von fünfzehn Minuten war er am Eingangstor des Birla-Tempels.

Die Erscheinung Des Herrn

Asobald Bhaskar aus dem Taxi stieg, erkannte er die Pracht des Tempels. "Shri Laxmi Narayan Tempel" wurde auf dem Haupttor des Tempels geschrieben. Als Bhaskar den Tempel sah, fühlte er, wie sein Herz schnell schlug. Er betrat den Tempel, der sich über eine sehr große Fläche erstreckte und der gesamte Campus war von natürlicher Schönheit erfüllt. Bhaskar erkannte, dass der Tempel ein herausragendes Exemplar der Architektur im Nagara-Stil war. Er war überwältigt von der Architektur und Schönheit des gesamten Komplexes, mit exquisiten Brunnen, schönen Repliken und Skulpturen, die religiösen und nationalen Geist darstellen, Wandmalereien mit legendären Geschichten der hinduistischen Religion und Wänden mit kanonischen Texten.

Bhaskar erreichte das Sanctum Sanctorum des Haupttempels, eine riesige Halle, in der die lebensechten Idole von Lord Vishnu und der Göttin Lakshmi untergebracht waren. Er war beeindruckt von der außergewöhnlichen Schönheit und Attraktivität der Idole, die ihn an das Foto im Zimmer seines Großvaters erinnerten. Er blieb genug Zeit im Tempel, um fast alles im Saal vollständig und sorgfältig zu beobachten.

Er hatte gerade den Saal verlassen, als er einen Führer sah, der eine Gruppe von Besuchern ansprach und ihnen von der Höhe des Gipfels des Tempels erzählte. Aus Neugier schaute er auch auf den Gipfel des Turms des Haupttempels.

Er war erstaunt über das, was er sah. Er schrie aufgeregt: „Oh mein Gott! Genau das ist es." Sein Herz begann schneller zu schlagen. Er spürte, wie sich die ganze Welt drehte. Bhaskar schaute auf den Boden und wollte die Augen schließen.

Sobald er die Augen schloss, fühlte er sich, als würden Hunderte von Muschelschalen ringsum klingeln. Ihm wurde schwindelig und er war zu schwach, um weiterzustehen. Er sammelte all seine Kräfte und schaffte es irgendwie, die nahegelegene Besucherbank zu erreichen. Die Struktur , die in seinem Traum erschienen war, lag ihm in Wirklichkeit vor. Er erlebte den ganzen Traum, der vor seinen Augen wie ein Film erschien. Schweißtropfen rollten über sein Gesicht und er fühlte sich, als würde er fliegen. So eine Erfahrung hatte er noch nie gemacht. Er bekam Angst, an einem Herzstillstand zu sterben. Er schloss die Augen und legte sich auf die Bank.

Nach einiger Zeit fühlte er sich normal und öffnete die Augen. Er versuchte, seine Kraft wiederzuerlangen, die am Tiefpunkt war. Er holte ein Taschentuch aus der Tasche und wischte sich das Gesicht ab. Dann sah er sich um, aber er sah nichts Ungewöhnliches. Er sammelte wieder Mut und blickte auf die Spitze des Tempels. Dies war dasselbe Gebäude, das früher in seinen Träumen auftauchte. Früher hatte er in seinem wiederkehrenden Traum nur einen kurzen Blick auf das Gebäude, und aus diesem Grund konnte er die Struktur nicht identifizieren.

Jetzt erlangte Bhaskar die Kontrolle über sich selbst, und auch sein Geist begann normal zu funktionieren. So erkannte er sehr bald, dass das Gebäude genau das gleiche war, aber im Traum stand er an einem anderen Ort. Er versuchte, den Ort zu bestimmen, von dem aus er die ähnliche Winkelansicht des Tempels wie in seinem Traum erhalten konnte. Er bewegte sich vorwärts, schätzte und machte seine Berechnungen, um den genauen Standort zu finden. Er erreichte viele Punkte in den Räumlichkeiten und beobachtete von dort aus den Gipfel des Tempels, aber er war nicht zufrieden. Er fühlte sich, als könnte er sich entweder nicht genau an den Traum erinnern oder nicht einige sehr einfache Berechnungen anstellen. Er hatte das Gefühl, dass alle seine Fähigkeiten ihn gemieden hatten. Aber sehr bald erkannte er, dass all diese Verwüstung das Ergebnis extremer Angst und emotionaler Turbulenzen war.

Er fühlte sich enttäuscht und angewidert. Erst dann erinnerte er sich an den Slogan seines Großvaters: *"Wenn die Dinge außerhalb deiner Kontrolle zu sein scheinen, überlasse alles Gott, ohne Zweifel und ohne über die Konsequenzen nachzudenken."*

Er beschloss, alles zu vergessen und Gott zu vertrauen. Er richtete seine Aufmerksamkeit auf die Tatsache, dass sein Großvater seine Reise gesponsert hatte, und gemäß seinen Anweisungen wurde von ihm erwartet, dass er den Tempel sehr aufmerksam beobachtete. Das sollte er zuerst tun.

Bhaskar hatte bereits den Haupttempel besucht, also ging er voran und besuchte die Tempel von Lord Krishna, Lord Shankar bzw. Göttin Durga und beobachtete alle Landschaften, Wandmalereien und religiösen Texte mit großer Sorgfalt und Aufmerksamkeit. Aber er konnte weder etwas verstehen, noch sah er etwas Besonderes.

Er hatte eine minutiöse Beobachtung aller Idole, Artefakte und Repliken, die in den Räumlichkeiten installiert waren. Er war etwa drei Stunden im Tempelgelände gewesen und hatte fast alles gesehen. Nun betrachtete er auch die leeren Wände. Und dann sah er eine Inschrift an einer der Wände. Er begann es zu lesen und erlebte Gänsehaut mit den ersten Zeilen des Textes. Er las es schnell durch und las es immer wieder. Jetzt hatte er Antworten auf alle seine Fragen. Das war also der Ort, den sein Großvater erreichen wollte. Das war der Plan seines Großvaters. Jetzt gab es keinen Zweifel mehr in seinem Kopf. Das Ende des ganzen Durcheinanders von fast einem Monat und der Schlüssel zu den Antworten auf alle Fragen lag auf einem roten Stein eingeschrieben.

Die Inschrift lautete:

Post-Skript

Am Jyeshtha Shukla [1.]*Samvat 1998, vom* [27.] *Mai 1941, im Birla House, Neu-Delhi, Herr Pt. Krishnapal Sharma machte etwa ein Tola-Gold aus einem Tola-Quecksilber vor uns. Das Quecksilber wurde in eine Seifenbeerenuss gegeben. Ein weißes Pulver aus einem nicht identifizierbaren Kraut und ein gelbes Pulver, das kaum ein oder anderthalb Ratti wiegen würde, wurden in das Quecksilber gegeben. Dann wurde die Seifenbeerenuss mit Ton verschlossen und dann von zwei miteinander verbundenen irdenen Lampen umhüllt und in Brand gehalten. Das Feuer wurde durch kontinuierlichen Luftstoß etwa eine Dreiviertelstunde lang in Flammen gehalten. Als die Kohle zu Asche zu brennen begann, wurde sie ins Wasser freigesetzt. Aus dem Lampenkolben ergoss sich Gold. Beim Wiegen war das Gold nur ein Ratti weniger als eine Tola. Es war reines Gold. Wir wussten nicht, was das Geheimnis des Verfahrens war und was diese beiden Pulver waren. Pandit Krishnapal stand in einer Entfernung von zehn bis fünfzehn Fuß von uns entfernt, während er alle Aktivitäten ausführte. Im Moment waren Herr Amrutlal V. Thakkar (Premierminister von Harijan Sevak Sangh), Herr Goswami Ganesh*

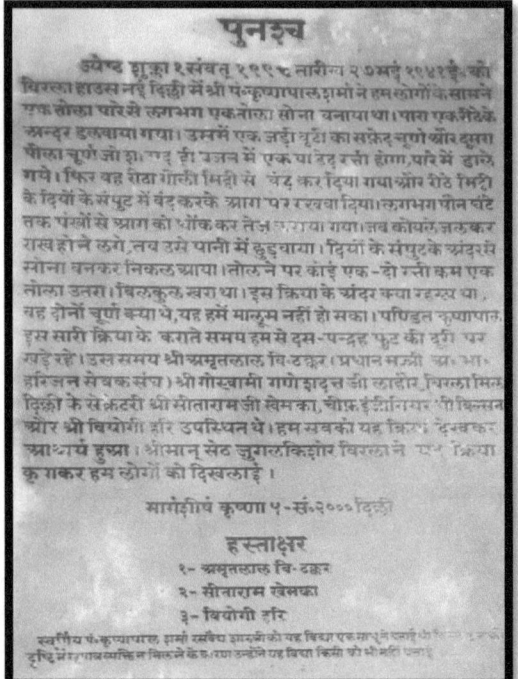

Dutt Ji Lahore, Sekretär von Birla Mill Delhi Herr Sitaram Khemka, Chefingenieur Herr Wilson und Viyogi Hari anwesend. Wir waren alle überrascht, die Affäre zu sehen. Herr Seth Jugal Kishore Birla bot uns die Möglichkeit, den gesamten Prozess zu verfolgen.

Margshirsh Krishna 5 Samvat 2000 Delhi

Unterschrift

1: Amrutlal V Thakkar   2: Sitaram Khemka   3: Viyogi Hari

Spät Pkt. *Krishnapal Sharma Rasvaidya Shastri lernte diese Methode von einem Asketen, aber er vermittelte sie niemandem, weil er keine verdiente Person finden konnte.*

Das Lesen der Inschrift erwies sich als Offenbarung für Bhaskar. Jetzt schien ihm alles bedeutungsvoll: eine Schachtel voller Seifenbeerenschalen, irdene Lampen, ein Sack Ton, eine Flasche Quecksilber und die sorgfältig verpackten Ledertaschen mit gelben und weißen Pulvern. Sein Großvater hatte alles, auch die trivialen Dinge, erleichtert, um jegliches Herumlaufen auf der Suche nach Material auszuschließen. Er erkannte auch, dass sein Großvater den Brief so brillant entworfen hatte, dass selbst ein großer Gelehrter wie Swami Ji nicht in der Lage war, die wahre Botschaft zu erraten.

Dann erinnerte er sich, dass das Gewicht von Quecksilber sieben Ser betrug und nach dem Verhaltenskodex der Alchemisten ein Alchemist ein Wunderkind bis zu einem Maximum von sieben Ser Gold sponsern konnte. Sein Großvater hatte ihm geholfen, aber er verletzte keine Regel des Verhaltenskodex der Alchemisten. Er dachte:

"Er hat mir nicht gesagt, wie man Gold herstellt, weil ich nicht weiß, was diese Pulver sind. Und nach den Regeln konnte er mir das Geheimnis nicht verraten, bevor er das Alter von dreißig Jahren erreicht hatte."

Er erkannte, dass sein Großvater geplant haben könnte, ihn direkt mit einer riesigen Menge Gold auszustatten, aber gemäß dem Verhaltenskodex der Alchemisten ließ ihn sein

Großvater den Test bestehen. Nachdem er den Test bestanden und die Kriterien erfüllt hatte, wurde er erst dann belohnt. All dieses Setup war nur ein Rahmen für diese Tortur. Er empfand große Bewunderung für die heiligen Ideale und Normen seines Großvaters. Nun verstand Bhaskar klar, warum sein Großvater von den Menschen als göttliche Figur angesehen wurde. Er betrachtete sich als glücklich, in seine Linie hineingeboren worden zu sein.

Bhaskar schaute in den Himmel und sagte: „Dada Ji, du hast alle Probleme gelöst. Du hast so viel nur für mich getan. Vor zwanzig Jahren haben Sie es heute geplant und umgesetzt. Du warst außergewöhnlich und einzigartig. Nein, nein, lass mich mich korrigieren. Du bist außergewöhnlich und einzigartig, weil ich dein Bewusstsein gerade jetzt fühlen kann, und ich weiß, dass du hier bist. Ich kann dich überall um mich herum spüren."

Erst dann hatte Bhaskar das Gefühl, als würde ihm jemand ins Ohr flüstern, um zurückzublicken. Da war niemand. Bhaskar blickte zurück und sah den Gipfel des Tempels. Jetzt stand er an der richtigen Stelle. Genau aus dem gleichen Winkel, aus dem er die gleiche Ansicht des Tempels sehen konnte, die er in seinem Traum gesehen hatte.

Bhaskar fühlte sich, als wäre eine schwere Last von seinen Schultern genommen worden. Er war sehr froh, den Beruf seiner Wahl wählen zu können. Jetzt gäbe es keine finanziellen Probleme für ihn oder seine Familie. Jetzt würde seine Familie reich werden. Er würde seiner Mutter Goldarmreifen bringen und alle Kredite seines Vaters zurückzahlen.

Bhaskar spürte plötzlich ein Zittern einer brennenden Frage, die in seinem Kopf auftauchte. Er dachte: "Wird all dies seinen Vater dazu bringen, seinen Wunsch aufzugeben, dass sein Sohn einen einflussreichen Regierungsjob bekleidet?" Er grübelte ein wenig darüber nach. Nein, nie, sein Vater hatte ihn erzogen und ihn über seine finanziellen Möglichkeiten hinaus erzogen. Es war der einzige Ehrgeiz seines Vaters, dass sein Sohn einen lukrativen Job annimmt, der ihm Geld, Macht und Anerkennung bietet. Sein Vater konnte ihm die Erlaubnis geben, alles zu tun, was er wollte, aber er konnte nicht den primären Wunsch aufgeben, dass Treibstoff sein Leben führte. Ein düsteres Unbehagen umhüllte Bhaskars Herz und Geist. Er hatte das Gefühl, dass alles, was er erhalten hatte, nutzlos geworden war und all seine Mühe vergeblich war.

Er vergaß die Wohltaten, die er gerade erhalten hatte. Er hatte das Gefühl, dass seine Treffen mit gelehrten spirituellen Heiligen und Gelehrten wie Cave Baba, Shastri Ji, dem Alchemisten und Swami Ji sinnlos waren. Er dachte, dass es besser gewesen wäre, wenn er Sanjana nie getroffen hätte. Er erinnerte sich, was Swami Ji ihm mit großer Zuneigung über ihr natürliches Talent zum Komponieren von Versen erzählte. Er fühlte sich ängstlich und dachte, dass das Glück ihn plötzlich verlassen hatte.

Plötzlich erinnerte er sich an dieselbe Aussage, die sich immer als Allheilmittel für seine Leiden erwiesen hatte: *"Wenn die Dinge außerhalb deiner Kontrolle zu liegen scheinen, überlasse alles Gott, ohne Zweifel und ohne über die Konsequenzen nachzudenken."* Er versuchte, seine Aufmerksamkeit darauf zu richten, zu Gott zu beten, um die Meinung seines Vaters zu ändern. Aber es fiel ihm sehr schwer, sich vorzustellen, dass sein Vater sein hartnäckiges Verlangen aufgeben könnte. Er bekräftigte erneut, dass es besser sei, alles ohne Zweifel und ohne sich um das Ergebnis zu kümmern, Gott zu überlassen. Er tröstete sich, indem er sich versicherte, dass er jedes Mal, wenn er die Situation der Gnade Gottes überlassen hatte, wundersame Ergebnisse erhalten hatte. Im Wald auf der Suche nach Shastri Ji und im Gletscher, als er sich verirrte, überströmte ihn jedes Mal die Gnade Gottes. Zweifel flackerten jedoch immer noch in seinem Kopf, aber er wies sie entschieden zurück.

Er wiederholte: *„Wenn etwas Gott überlassen wird, dann gibt es keine Notwendigkeit, darüber nachzudenken, noch über seine möglichen Konsequenzen. Was auch immer Gott tut, es ist zum Guten."*

Um seine Aufmerksamkeit von diesen verwirrenden Gedanken abzulenken, versuchte Bhaskar, an etwas anderes zu denken. Erst dann erinnerte er sich, dass er einen versiegelten Brief von seinem Großvater hatte, und er war sehr neugierig, ihn zu lesen. Aber unter all diesen hektischen Ereignissen hatte er den Brief vergessen. Er setzte sich auf eine nahegelegene Bank und öffnete den Umschlag.

Der Brief lautete:

Lieber Bhaskar,

Wenn Sie diesen Brief lesen, haben Sie bereits gefunden, was ich für Sie als meinen Segen aufbewahrt habe. Es wird Ihnen ermöglichen, Ihre Interessen zu verfolgen, und es wird mehr als genug für Sie sein, die finanziellen Probleme Ihrer Familie zu beseitigen und Ihnen günstige Bedingungen zu bieten, damit Ihr Talent wachsen und sich perfektionieren kann. Sie können es ausgeben, wie Sie möchten, weil Sie es erworben haben, indem Sie Ihre Fähigkeiten unter Beweis stellen.

Du solltest verstehen, dass dein Vater große Liebe und Zuneigung für dich hat. Aber seine Wahrnehmung eines glücklichen Lebens unterscheidet sich von meiner. Er kann jedoch nicht für seine Wahrnehmung verantwortlich gemacht werden. Bis zu seiner Jugend blieb er der grundlegenden Annehmlichkeiten und Einrichtungen beraubt, und es war meine Schuld, die Sorgen eines Kindes und eines jugendlichen Geistes zu ignorieren. Eine anhaltende Entbehrung machte ihn zu einem Rebellen gegen die Lebensweise, die ich verfolgte.

Seine Erfahrungen ebneten den Weg, um all seine unerfüllten Sehnsüchte durch dich zu materialisieren und zu verwirklichen. Seine

Wahrnehmung ist so stark geworden, dass es unmöglich ist, ihn durch Kommunikation zu überzeugen. Er wird niemals zustimmen, mit einem Anhänger meiner Lebensphilosophie zu verhandeln, da er der Ansicht ist, dass mein Weg zu Armut, Entbehrung und Elend führt. Er wird seine Ambitionen für dich sowieso nicht meiden, bis er die ähnlichen Ergebnisse einer alternativen Verfolgung miterlebt.

So nehme ich wahr, dass sich Ihre Reise vom Zimmer Ihres Großvaters zu verschiedenen Orten, die dann im selben Raum gipfeln, als bezauberndes Erlebnis erweisen wird.

Du bist ein wunderbarer Geschichtenerzähler. Denkst du nicht, dass die ganze Reihe von internen Erfahrungen, die du durchgemacht hast, die Lektionen und das Lernen zusammen mit den Einstellungen der Ereignisse an verschiedenen Orten eine angemessene Handlung für deine erste Arbeit ist? Sobald du zu Hause angekommen bist, sitze in der Einsamkeit und erinnere dich an all deine Gedanken, Erfahrungen, Ereignisse, Eindrücke und Erkenntnisse. Schreibe sie dann auf, um dein erstes Werk zu komponieren. Darin sind Sie bereits gut.

Weben Sie alle Ihre Erfahrungen zu einer interessanten Geschichte. Ich hoffe, dass dein Talent und dein Talent zum Schreiben zu einem großen Erfolg führen werden. Und eine Demonstration Ihres Talents, um frühen Erfolg zu erzielen, wird der einzige Weg sein, die Gunst Ihres Vaters zu gewinnen, um ein anderes Interessengebiet zu verfolgen. Sobald er feststellt, dass es viele Bereiche zu bearbeiten gibt, die ähnliche oder bessere Ergebnisse bringen können, denke ich, dass er Ihnen leicht zustimmen wird.

Denken Sie daran, die Welt unterstützt keine Kämpfer, sondern drängt sie, zu fallen. Sie müssen Ihre Fähigkeiten unter Beweis stellen und Ihren Wert unter Beweis stellen, und dann werden Sie geehrt, geliebt und willkommen geheißen.

Schließlich ist das, was Sie erhalten haben, keine Gnade oder Gunst, mein Enkel zu sein. Ich würde dich lieber zu meinem intellektuellen Erben erklären, ohne deine Geburt, deine Kaste, dein Alter und deine Abstammung zu berücksichtigen, weil ich denke, dass deine Schultern stark genug sind, um unser Erbe sicher zu tragen, und dein Intellekt hell genug ist, um seinen Ruhm zu verbessern.

Mit freundlichen Grüßen,

Pushkar Dixit

Bhaskars Vision wurde verschwommen, als Tränen über seine Augen rollten. Er war extrem emotional und fühlte die Zuneigung und Fürsorge, die sein Großvater für ihn hatte. Er war auch stolz auf seinen Großvater. Er war erstaunt über den Plan, den sein Großvater gemacht und ausgeführt hatte. Er erkannte und gab die außergewöhnlichen Fähigkeiten seines Großvaters zu, die nur einen Bruchteil des Erbes großer indischer Meister enthüllten.

Bhaskar erkannte, dass es ein Masterplan war, der es ihm ermöglichte, sein Schicksal zu erreichen. Er war nur ein Charakter, der gemäß der zugewiesenen Rolle handelte, und alles kam ihm wie ein Zufall vor. Er tat nichts, außer von einem Ort zum anderen zu ziehen. Dann erkannte er, dass die ganze Handlung so gut miteinander verwoben war, dass es keinen Raum für weitere Maßnahmen seinerseits gab. Gerade deshalb konnte er außergewöhnliche Persönlichkeiten wie Shastri Ji, den Alchemisten, den Aghori-Asketen, Swami Ji und Sanjana treffen. Bhaskar erkannte, dass alle Probleme und Schwierigkeiten seines Lebens abgeschafft worden waren, und jetzt hatte er eine andere Aufgabe: sein Schicksal zu ergreifen, was für ihn mit all der Unterstützung seines Großvaters ein Kinderspiel wäre. Plötzlich erinnerte er sich an das, was Shastri Ji zu ihm gesagt hatte. *"Dein Großvater hat dein Schicksal entworfen."* Bhaskar stimmte der Erklärung voll und ganz zu.

Bhaskar erkannte, dass das wertvollste Geschenk, das er erhielt, die Bestätigung der Echtheit der außergewöhnlichen Errungenschaften der alten indischen Wissenstradition war und nicht die Menge an Gold, die er besitzen würde. Er erinnerte sich an zahlreiche Vorfälle, als er auf mehrere Menschen stieß, die sie für rational erklärten und die indische Wissenstradition als eine Sammlung von Pseudowissenschaften bezeichneten. Bei vielen elegenheiten bezweifelte er selbst die indische erangehensweise an verschiedene Studienrichtungen. Tatsächlich waren die Errungenschaften indischer Gelehrter ihrer Zeit ausnahmsweise voraus und daher zu gelehrt, um von den Massen verstanden zu werden. Also, diese großen Meister, um die Einhaltung zu gewährleisten, verwandelten die Konzepte in religiöse und soziale Praktiken. Später wurden die Praktiken verzerrt und wichen vom Hauptzweck ab und verwandelten sich im Laufe der Zeit in völlig andere Bräuche. Nun fühlte Bhaskar, dass seine Vision klarer wurde, und er gewann spontan eine Einsicht, um diese glorreichen Errungenschaften der Vergangenheit zu verstehen. Er erinnerte sich, was Cave Baba sagte: *"Die Wissenschaft kann die Sinne nicht transzendieren und die Sprache kann die Stille nicht ausdrücken."* Er stimmte dem zu und glaubte fest daran, dass alle großen indischen Meister in dem Wissen triumphierten, das die menschlichen Grenzen überschritt.

Der Höhepunkt all seiner Bemühungen machte ihn ekstatisch und so stand er auf Wolke neun, aber seine Füße waren fest auf dem Boden. Er verpflichtete sich, sein Leben der Wiederherstellung des Ruhms des alten indischen Wissens zu widmen, das den Errungenschaften zeitgenössischer Gesellschaften um Jahrhunderte voraus war.

Er schwebte im Ozean der Emotionen und Gefühle, bis ein Wachmann auf ihn zukam und ihn bat, das Gelände zu verlassen, da der Tempel für eine Stunde geschlossen werden sollte. Bhaskar behielt den Brief in der Tasche und ging mit einem Gedanken zum Haupttor.

"Sanjana, ich komme bald zu dir."

Über den Autor

S. P. Nayak

S. P. Nayak arbeitet als leitendes Fakultätsmitglied in der Fakultät für Kommunikationsfähigkeiten am Government Polytechnic College, Nowgong, unter dem Department of Technical Education der Regierung von Madhya Pradesh. Er ist Goldmedaillengewinner bei seinem Abschluss in englischer Literatur an der Jiwaji University, Gwalior. Er besitzt auch die Cambridge TKT-Zertifizierung für Fakultätsmitglieder. Mit mehr als vierzehn Jahren Erfahrung in der Wissenschaft war er mit vielen Organisationen wie ICFAI, Max New York Life usw. an verschiedenen Orten als Soft Skills Trainer, Trainingsmanager und

Platzierungskoordinator verbunden. Er hat häufig Beiträge für *The Times of India* und *The Wire* verfasst.

www.ingramcontent.com/pod-product-compliance
Lightning Source LLC
LaVergne TN
LVHW041842070526
838199LV00045BA/1404